KB201990

각별한 실패

L'ECHEC
Comment échouer mieux
by CLARO

각별한 실패

글쓰기의 좌절을 딛고 일어서는 힘

클라로 지음 이세진 옮김

각별한 실패

발행일
2025년 4월 15일 초판 1쇄

지은이 | 클라로
옮긴이 | 이세진
펴낸이 | 정무영, 정상준
펴낸곳 | (주)을유문화사
창립일 | 1945년 12월 1일
주소 | 서울시 마포구 서교동 469-48
전화 | 02-733-8153
팩스 | 02-732-9154
홈페이지 | www.eulyoo.co.kr

ISBN 978-89-324-7548-6 03800

나를 잘되게 하는 사람,

마리옹에게

“나는 성공의 다산성보다 실패의 다산성을 더 믿는다.”

— 아니 에르노

“실패를 이해하지 못한 사람은 이미 졌다.”

— 장 콕토

차례

1
풀스 메이트

프랑스어의 동사 가운데 'faillir(그르치다, 자칫 ~할 뻔하다)'만큼 나에게 각별한 동사는 없다. '함락'(실패, 불능, 몰락, 불발……)과 '회피'(무위, 간발의 차로 놓침, 번의飜意……)를 모두 말하는 이 동사는 '파탄'과 '신중함' 사이에서 갈피를 못 잡고 두 의미 사이에서 주저하는 것 같다. 이 동사가 보기에 — 동사에도 눈이 있다면 말이지만(으흠) — 실수를 범하는 것과 적극적으로 뛰어들지 않는 것은 수많은 결단의 하늘을 향하여 힘껏 던져 올린 동전의 양면일까.

'faillir', 이 동사는 뭔가를 행하는 것인 동시에 행하지 않는 것, 실패인 동시에 아무것도 심지 않는 것이다. 짚고 넘어가자. 'échouer(실패하다, 좌초하다)'도 분명히 곤란한 상태에 처하는 것이지만 사람 발길이 닿지 않는 바닷가, 조개와 갑각류가 있는 곳에 도착한다는 뜻이다. 그르친 자 celui qui faut — 여기서 faut는 faillir의 3인칭 단수 직설법 현재형이다*, 내가 확인했다 — 는 활시위를 날렸을 수도 있고 그러지 않았을 수도 있으나, 어쨌든 결과적으로 표적을 명중시키지 못한 자다.

하지만 내가 'faillir'를 사랑하는 까닭은 무엇보다 이 동사의 주름 속에 존재하는 단어 'faille(균열)', 빈틈이자 허점, 그로부터 공간이 열리는 틈 때문이다. 글을 쓰는 이, 따라서 필연적으로 그르치는 이에게는 그 균열이 지평선 — 단층선斷層線? — 노릇을 한다.

시인 세드리크 드망조**는 이를 소름 끼치도록 완벽하게 말해 주었다. "산 도마뱀이 썩은 덩어리 안에서 길을 낸다." 그 덩어리가 무엇이고 어떤 부패를 자양분 삼는지는 여러분의 상상에 맡기련다. 그것이 어떤 생명체를 자처하

* 프랑스어에서 흔히 볼 수 있는 'faut'는 'falloir(필요하다, 해야만 한다)'의 3인칭 직설법 현재형이다. 사실 이 두 동사는 어원이 같다. 'faillir' 동사를 이런 형태로 활용하는 경우는 드물기 때문에 저자는 이 낯섦을 주목시키고 있다. (옮긴이)

** Cédric Demangeot, *Une inquiètude*, Flammarion, 2013.

는지는 알아서 생각하시라. 도마뱀, 덩어리. 그대들이 떠올리는 바가 있으리니.

성공 개념은 카드 놀이꾼들과 문학의 아첨꾼들에게나 맡기자. 어원적으로 성공한다는réussir 것은 다시 나온다res-sortir는 것이다.* 그런 건 우리의 의도가 아니다. 여기선 결정적 순간에 도망갈 수 없으니까. 우리는 한 페이지도 성공하지 못하고 다음 페이지로 넘어간다. 마치 술 취한 토기장이가 자기 손까지 점토로 변하는 것을 느끼는 것처럼. 세드리크 드망조는 — 또 이 사람이다 — 어딘가에서 "모서리들이 부딪치는 열정"을 이야기했다. 하지만 그는 즉시 부연한다. "나는 머리를 잘렸다. 그건 기억해 두었다. 불행히도 혀가 남았다." 잘린 목이 혀를 내밀지 않으면 어쩌겠는가. 실패의 희한한 맛에 근질근질해진 그 혀를 일곱 바퀴 돌리지 않고 배길 수 있나. 그건 당연한 일이다.

여기서 다루려는 것은 기본적으로 문학이다. 프루스트

* 프랑스어 'réussir'는 이탈리아어 'riuscire(성공하다, 목표에 다다르다)'에서 나왔는데, 이 동사는 다시 'ri/re(반복의 접사)'와 'uscire(나오다)'의 조합으로 이루어져 있다. 따라서 어원적으로 볼 때 성공한다는 것은 (역경이나 곤란한 상태에서) 다시 나오는 것이다. (옮긴이)

의 믿음은 옳았다. 문학은 진정한 삶, "마침내 발견하고 밝혀 낸 진정한 삶", 글쓰기가 거추장스레 쉴 새 없이 따라오는 삶이다. 그러한 거추장스러움이 글쓰기의 반죽과 소금, 발밑의 잘려 나간 풀, 막다른 골목, 자발적 난파이자 역경, 글 쓰는 이를 자신의 도망치는 그림자에 다가가게 하는 끝없는 추락을 이룬다. 그러므로 우리는 'faillite(파탄, 좌절)'의 — 의심의 여지없이 — 암담하고도 구원적인 면에 비추어 번역, 글쓰기, 읽기와 같은 활동을 깊이 사유해 보아야 할 것이다.

좀 더 나아가기 전에 이야기 하나만 하자. 아니, 일화라고 할까. 비유가 아니라면 말이다. 아니면 옛날 드라마? 아니면 웃기는 이야기? 아니면 한꺼번에 이 모든 것일지도.

1959년 8월 1일, 네바다주 오마하에서 두 명의 체스 선수가 길이길이 기억될 만하고 실제로 확실히 기억에 남았을 경기를 펼쳤다. 월터 토머스 메이필드와 윌리엄 로버트 트링스는 대전을 오래 끌지 않았다. 시작. 화이트white가 폰pawn을 두 칸 전진시켜 킹king 앞에서 발을 구르게 했다. 블랙black은 이에 득달같이 응수하여 나이트knight 앞에서 꾸벅꾸벅 졸던 폰을 두 칸 이동시켰다. 거울 효과는 확실했다. 됐다 싶었던 화이트는 장애물을 무시하고 한쪽 측면을 비우면서까지 나이트를 오른쪽으로 귀환시켰다. 역공에 목말랐던 블랙은 비숍bishop을 숨기고 있던 폰을 두 칸 앞으로 진출시켰다. 그러자 화이트는 쾌재를 부르며 단칼에 퀸queen을 멀리 대각선 방향으로 보내 버렸다. 그러자 화이트의 퀸이 몇 칸 너머에서 꼬나보는 형국이 되었고 블랙의 킹은 패배를 인정하는 것 외에는 다른 수가 없음을 깨달았다. 이렇게 겨우 세 수 만에 승패가 정해졌다. 화이트는 틈을 만들어 놓고 블랙이 그 안에 빠지도록 내버려 두었다가 그쪽에 합류하여 꼼짝 못 하게 된 상대를 쓰러뜨렸다. 이것을 체스 용어로 '풀스 메이트Fool's mate(바보의 외통수)'라고 한다. 그날의 시합은 세계에서 가장 단시간에 끝난 경기였다. 그날의 대전, 아니 그 스치듯 끝나 버린 마찰을 멀리서 바라볼 때 떠오르는 질문은 하나뿐이다. 두 선수는 정말로 체스를 겨룬 게 맞는가? 아니면 시합을 할 뻔했을 뿐인가? 그리고 부차적 질문도 있다. 패자는 정말로 한 명뿐인가?

백지에 세 단어를 쓴 작가가 문득 멈추더니 인상을 찌

푸리면서 방금 쓴 단어들에 좍좍 줄을 긋고 종이를 구겨 폐지함에 던져 버린다. 폐지함은 그의 책상에서 적어도 1미터는 떨어져 있다. (폐지함에 골인시키지 못할 때가 열 번 중 아홉 번이다.) 절대로 농구 선수는 되지 못할 이 작가는 글을 썼는가, 아니면 그냥 쓸 뻔했을 뿐인가? 그는 글쓰기를 그르쳤는가? 그는 풀스 메이트에 당했는가?

이렇게 볼 수 있을지도. 우리는 상황을 이렇게 볼 수도 있다. 백지는 작가가 단어라는 폰을 전진시키는 체스판이다. 여기서 화이트는 지면이고 블랙은 단어들이다. 이 싸움은 대등하지 않다. 퀸이나 킹은 없다. 탑에 올라가고 통명스럽게 전진하는 비숍들밖에 없다. 모든 문자가 "체크"를 외치고, 결국 바보 신세가 되는 것은 나다. 펼쳐졌다가 쪼그라들고 결국 구겨진 종이 뭉치 신세가 되는 백지 앞의 나 말이다. 나는 당연히 내가 쓴 글을 삭제하거나 전략을 수정할 수 있다. 그러나 내가 경기를 하룻밤 중단하는 것만으로도 아침에 시리도록 차갑게 벌거벗은 패배가, 키보드에 커피를 쏟지 않더라도, 내 눈앞에 뚜렷이 나타나기에는 충분하다. 그럴 때 나는 내가 놓았던 첫 수를 다시 생각하고, 나의 기동機動과 일련의 수手를 재평가해야 한다. 내가 몇 번째인지도 모를 또 한 번의 실패를 씁쓸하지만 냉철하게 확인하는 대신, 재활용 플라스틱 보석의 광채와도 같은 성공의 환상에 현혹된다면, 머지않아 더욱 뼈아픈 실패가 나에게 몰락의 임박을 알려 줄 것이다. 그러니까 냉정하게, 이 정신 나간 일을 하면서 어그러진 작업을 다시 작동시킨다.

왜냐하면 나는 그르치고 말 것임을 알기 때문이다. 알고 있으면서, 알고 있음에도 불구하고, 나는 그르친다(역시 faillir의 3인칭 단수 직설법 현재형이다). 더 끔찍한 건지 더 나은 건지는 모르지만, 내가 그러기를 원한다. 나는 실패를 원한다. 그렇다, 여기서 실패한다는 것은 더 선명하게 본다는 것, 백지 위의 검은 글씨를 보는 것이기 때문이다. 이기고 말고는 문제가 되지 않는다. 여기선 이겨서 얻을 것이 없다. 게임이 끝나면 완전히 끝이고 고도를 기다릴 필요도, 미셸 아주머니*를 기다릴 필요도 없다.

'faillir' 동사는 우리를 거의 지질학적 배경 속에서 나아가게 한다. 고통받는 산맥은 단층이 여기저기 보였다가 사라졌다가 하는 것이 꼭 우리가 걸려 넘어지기를 바라는 것

* 프랑스인에게 친숙한 동요 속의 인물. (옮긴이)

같다. 'échouer' 동사 역시 난파에 대한 어릴 적 상상을 일깨운다. 빛이 보호하고 어둠은 파기하는 하얀 모래 해변에 표류한 로빈슨 크루소의 쓸쓸한 이미지가 떠오른들, 불편해할 이유가 무에 있으랴. 전자 'faillir'는 동요, 곤두박질을 연상시키지만 후자 'échouer'는 돌발 사태와 익사, 혹은 머리칼 사이에서 뭉그러지는 해조류에서 일단 벗어나고 나면 상황을 재개하고자 노력함으로써 기꺼이 패배를 굴절시킨다. 하나의 상태에서 다른 상태로, 어떤 복안에서 다른 복안으로 넘어간다는 것, 요컨대 가능성들의 교환이다. 섬이 신비롭다면 그곳에 둥지를 꾸리리라. 그것이 쥘의 생각이었다.* 내가 환경에 적응하든가, 그게 아니면 환경을 나에게 맞춰야 한다. 그러나 그르쳤든지 좌초됐든지 간에, 두 경우 모두 확인되는 사실은 하나뿐이다. 사정이 우리의 바람대로 풀리지 않았다. 누구 탓인가? 자연의 잘못인가? 우리의 잘못인가? 혹은, 좀 더 명철하게는, 허망하게 번득였다가 환멸의 파도가 되어 우리를 후려갈긴 소망들이 문제였을까? 자신의 전능함을 믿고 언어를 마음대로 쥐락펴락할 수 있다고 상상한 우리의 의지를 탓해야 하나?

* 저자는 쥘 베른의 표류 소설 『신비의 섬*L'Île mystérieuse*』을 환기하고 있다. (옮긴이)

작가의 삶은 하나의 초고로 요약된다. 작가는 초고 작성자brouillonneur 겸 헝클어 놓는 자embrouilleur다. 그는 번번이 일을 날림으로 해치우지만, 바로 거기에 작가의 기회가 있다. 흔히 경솔하게 '초 잡은 글premier zet'이라고 부르는 그것은 무자비한 조수潮水의, 역시 그만큼 무자비한 물살이 모래톱에 떠밀어 놓은 육신을 떠올리게 하는 면이 없지 않다. 조가비여, 잘 있거라. 갑각류들아, 잘 있거라. 나는 글을 쓴다, 고로 나는 좌초한다. 베케트의 저 유명한 문장을 어찌 인용하지 않을 수 있으랴. 너무 자주 들먹여져서 이제 되밀려 오는 시커먼 파도 소리로밖에 들리지 않는 그 문장을. "다시 시도하라. 다시 실패하라. 더 낫게 실패하라Try again. Fail again. Fail better."* 하지만 이 수수께끼 같은 명령문에 어떤 의미를 부여해야 할까? 더 낫게 실패하라니?

허먼 멜빌은 1851년 5월에 너새니얼 호손에게 쓴 편지**에서 이렇게 말한다. 결코 가라앉을 수 없는 『모비 딕

* Samuel Beckett, *Cap au pire*, trad. Edith Fournier, Editions de Minuit, 1991.

** Herman Melville, *D'où viens-tu Hawthorne? Lettres à Nathaniel Hawthorne et d'autres correspondants*, trad. Pierre Leyris, Gallimard, coll. 《Du monde entier》, 1986.

Moby Dick』이 런던에서 출간된 즈음이었다.

나를 글쓰기로 가장 세게 떠미는 바로 그것은 내게 금지되었고, 이건 수지가 맞지 않습니다. 하지만 내가 다른 방법으로 글을 쓸 수 없다는 것은 확실합니다. 그래서 결과물은 엉망진창이고, 나의 책은 모두 대충 써 내려간 날림입니다.

멜빌은 문학의 체스판을 마주했다. 첫 수. 그는 이스마엘을 두 칸 전진시키고 비평가가 모호한 폰을 주물럭거리도록 내버려둔 다음 고래를 움직여 — 여기서 고래는 화이트다 — 독자의 바로 그 축에 드러나도록 한다. 다만 당연하게도, 어이할거나, 그는 이기지 못한다. 승리는 어림도 없다. 독자는 그의 작살을 이쑤시개처럼 사용하고 좀 더 수지맞는 낚시 방법들로 넘어갔다. 『모비 딕』 초판은 600부도 채 팔리지 않았다. 향유고래의 외통수인가.

클로드 에스테방은 『원거리 죽음』에서 말한다.*

나는 다다르고 싶었다, 한 걸음

* Claude Esteban, *La Mort à distance*, Gallimard, 2007.

한 걸음, 태양에.

그것은 땅속의

구멍에 지나지 않았다.

땅속의 구멍. 우리가 아무 언질도 받지 못했다고 말할 수는 없을 것이다. 하지만 구멍을 판다는 것, 이건 작가들이 할 줄 아는 일, 해야만 하는 일이다. 자신의 구멍을 만들고, 굴을 파고 들어가고, 그다음은? 그다음은 없다. 카프카는 단편 「굴Der Bau」의 집필을 끝내지 못하고 6개월 후 세상을 떠났다. 실패가 작가에게 일종의 영벌이라고 너무 성급하게 추론하지 말자. 실패는 일상적으로 감당해야 할 그의 몫, 그 이상도 이하도 아니다. 실패는 그의 길티 플레저guilty pleasure다. 실패는 작가의 은밀한 희열이다.

글 쓰는 이에게 실패하는 방법은 하나가 아니다. 실패의 이유도 하나가 아니다. 실패의 기술을 따지고, 패배에 대한 열정을 논할 수 있을 만큼 이 바닥도 다채롭다. 하고, 또 한다. 이미 한 것을 도로 해체한다. 말했다시피, 여기서 못 빠져나간다. 다행이다.

실패란 무엇인가 (1)

실패는 벽이다. 그 벽을 통과하지는 못한다. 넘어갈 수도 없다. 머리를 대고 밀어붙여 그 벽을 넘어뜨릴 수도 없다. 끝이 보이리라는 희망을 품고 그 벽을 쭉 따라갈 수 있다. 그렇지만 일생을 다 바쳐도 벽을 한 바퀴 돌기에 충분치 않을 것 같다. 반면, 석탄 한 조각을 꺼진 불의 기념 삼아 집어 들고서 그 벽면에 선을 긋고, 그림을 그리고, 글을 쓰고, 이런저런 형상의 윤곽을 잡을 수 있다. 그러자면 먼저 불을 피울 생각을 했어야 하고, 땔감을 가져올 생각을 했어야 한다. 요컨대, 허탕을 쳤어야 한다.

실패는 물이다. 단단한 물. 실패의 물속에서 신체가 움직일 때마다 그 물은 좀 더 걸쭉해진다. 입 벌리기, 물고기처럼 입을 크게 뻐끔대기, 그렇다, 그것도 하나의 방법이다. 우리가 두려워했던 걸쭉하고 얼음장 같은 검은 물이 흘러들어온다.

실패는 사다리다. 우리는 그 사다리를 타고 천천히 올라가거나 천천히 내려온다. 하지만 실은 어느 정도 시간이 지나면 올라가는 건지 내려가는 건지 더 이상 알 수 없다. 올라가고 내려가고는 전혀 중요하지 않게 된다. 우리의 발이 내딛는 가로대가 하나하나 부서져 버리기 때문이다.

실패는 꼭 껴안은 아버지와 어머니다. 어찌나 꼭 껴안았는지 두 신체 사이에 틈새라고는 찾아볼 수 없다. 두 사람은 선잠이 든 것처럼 보이지만 사실 잠자고 있지 않다. 우리는 오래전부터 알았다. 그들의 잠은 완전히 다른 것이다.

실패는 거짓말하고, 속이고, 눈 가리고, 침식한다. 자리를 차지하고, 자리가 된다. 우리는 해방되고, 해방한다. 그러다 보면 벌써 문 닫을 시간이다.

실패는 열매다. 땅에 떨어져 있는 열매. 주위에는 나무 한 그루 없다. 허리를 숙인다. 손을 뻗는다. 돌멩이였다. 그럼 그렇지.

폭발하는 페이지마다 꽃잎 비가 쏟아진다. 허리를 숙여라. 또다시 숙여 보라. 손을 뻗어 보라. 이미 그대 손도 하나의 꽃잎을 만들고 있다. 금세 시드는 꽃잎을.

실패의 납골당 속 금이 간 오래된 성배에서 희끄무레하고 맛없는 즙이 찔끔찔끔 스며 나온다. 순전한 목마름은 그대를 떠나갔다.

멀리서 어떤 소리, 어떤 웅성거림이 들린다. 그 소리가 도달했다. 천천히, 헛것인가 싶은 열차가 들어오는 것처럼. 자리를 잘 잡고 그 소리를 기다린다. 그 소리를 마주한다. 불현듯, 여기 나타났다. 그런데. 벌써 뒤에 가 있다.

실패는 우리가 어릴 적 달달 외웠던 시다. 어른이 되어 그 시를 암송하면 소리가 다르다. 오래된 소리다.

실패는 아무짝에도 쓸모없는 발명이다. 아무것도 아닌 것을 사용하고, 움켜쥐고, 끝내 항복할 때까지 쥐어짜는 발명이다.

하늘의 구름에서 실패의 형상을 찾는 자는 주의가 흐트러져 땅에 갑자기 나타난 번개를 보지 못한다. 이건 속담이 아니다, 안타깝게도.

실패는 하나의 문장, 그다음 한 문장, 그리고 또다시 이어지는 한 문장이다. 그 문장의 마침표가 점점 더 두려워진다.

실패는 그대들에게 얌전하게 목줄을 채우고 있는 눈먼 짐승이다.

실패는 내일로 분장한 오늘이다.

2
물, 빵, 민들레에 대하여

"It is about water." 1988년의 어느 날, 한 편집자가 번역을 의뢰한 토머스 산체스의 소설 『마일 제로』*는 이렇게 시작한다. 정확히 짚고 가자. 나는 그때껏 번역을 한 적이 없었다. 아니면 내가 잊고 있었거나. 간단히 말해, 편집자는 처음에 그냥 그 소설을 읽어 보고 검토서를 작성해 달라고 했다. 나는 외서 검토서를 어떤 양식에 맞춰 어떤 식으로 써야 하는지 전혀 몰랐고, 출간 위원회가 제대로 된 자료를 보지 않고는 작품의 승인 혹은 거부를 두고 결정다운 결정을 내릴 수 없을 것이라 생각했다. 하여, 나는 큰

* Thomas Sanchez, *Kilomètre zero*, trad. Claro, Seuil, coll. 《Fiction & Cie》, 1990.

맘 먹고 고등사범학교 예비반에 내놓아도 손색이 없을 장문의 수고로운 작품 분석을 내놓았을 뿐 아니라 그 책의 10여 쪽을 번역하여 첨부했다. '마일 제로'라는 책 제목에서 낌새를 알아차렸어야 했는데. 제목이 신호를 보내고 있었건만 나는 까맣게 몰랐다. 내가 나도 모르는 기나긴 여정을 목전에 두었다는 것을 알려 주는 제목이었는데 말이다.

편집자는 그 번역을 보고 책 전체 번역을 제안했다. 당시 쇠유 출판사에서 '픽션 주식회사' 총서를 책임지고 있던 드니 로슈, 시를 용납하지 못했던 드니가 바로 그 편집자다. 당연히 거절했다. 나는 번역가가 아니었다. "여름 동안 생각해 봐요"라면서 드니는 길게 탄 담뱃재를 자기 스웨터에 떨어뜨렸다. 여름을 보냈다. 내겐 잘된 일이었다. 당시 하던 일이 따분하기도 했고 — 나는 교정자였지만 부주의하고 변덕스럽고 편파적인, 따라서 좀 믿을 수 없는 교정자였다 — 번역이라는 것이…… 프랑스어로 글쓰기와 다르지 않음을 깨닫고 경악하던 차였다. 프랑스어로 글쓰기란 언젠가 글렌 굴드처럼 되리라는 희망을 품고 프랑스어 자판으로 '라르게토'* 악장을 연주하는 것이지만, 그

* larghetto. '조금 느리게'라는 뜻의 음악 용어. (옮긴이)

래도 이미 몇 년째 내가 어려움을 겪으면서 — 나의 실패들은 반향조차 없었기에 — 해 오던 일이었다. 하지만 이번에는 내 모국어로 글을 쓰고 돈도 받을 수 있지 않나. 그리하여 나는 1980년대 말에 난생처음 번역가로서 계약서를 썼다. 킬로미터 제로(원점). 새 출발. 정말로 멋진 이정표였다.

그러나('그러나' 없이는 이야기도 없을 터) 나는 곧바로 벽에 부딪혔다. "It is about water." 이렇게 시작되는 이 두꺼운 소설은 쿠바 먼 바다의 섬 키웨스트를 배경으로 한다. 키웨스트에는 그 책 작업이 끝난 후에야 가 보았다. 언뜻 보기에 단 네 개의 단어로 이루어진 이 문장은 전혀 어렵지 않다. 그러나. 처음으로 컴퓨터를 사고 — 가끔 전원이 들어오지 않는 털털거리는 PC였다 — 그 컴퓨터만큼 두툼한 사전을 구비했어도 소용없었다. 아무 효과도 없었고 아무것도 되지 않았다. It is about. 나는 번역 기술에서 가장 잘 지켜진 비밀을 이제 막 발견했다. 가장 단순한 것이 때때로 가장 어렵다. It is about. 아무리 머리를 쥐어짜도 소용없었다. 아니, 아무것도 떠오르지 않는다는 점이 더 나빴다. It is about. 문장은 도약하기를 거부하고 여러분이 아는 껌딱지 같은 누구처럼 영어에만 찰싹 달라붙어 있었다. It is about. 나의 모든 시도는 실패로 돌아갔다. 물이 문제다, 중요한 것은 물이다, 이건 물에 대한 이야기다 등등. 오직 사전만이 그게 무엇에 대한 것이며 무엇을 말하는지 막연하게나마 알려 주었지만, 내가 그 측량할 수 없는 지식을 실무에 써먹을 수 있을 만큼 도움이 되지는 않았다. 내가 매달려 있는 맥락에서 지시하는 의미를 적절하게 옮길 수 있을 정도의 도움은 아니었던 것이다. 나는 이미 나의 사전에 유감을 느끼고 있었다. It is about. 시작은 좋았고 벌써 나쁘게 끝나 가고 있었다. 'It is about'의 물속에서, 그렇게 나는 맨 먼저 던진 돌처럼 가라앉고 있었다.

며칠이 지났다. 그러나 낭패감이란 손톱 밑에 이쑤시개가 파고든 느낌처럼 아주 쓰라린 것 중 하나다. 진전이라고는 없었다. 나는 굴복했다. 요컨대 해내지 못했다. 따라서 나의 정신은 앞으로도 아무것도 해내지 못할 거라는 결론을 도출했다. 아마 여기에 실패의 계책 중 하나가 있지 않을까. 어차피 아무 데도 이르지 못할 거라고, 심지어 출발하기도 전에 하루하루가 우리의 축제의 나날은 아닐 성싶은 무의 나라Pays du Rien에 와 있다고 믿게 만드는 것. It is about. 하지만 내가 영어에 무슨 잘못을 했다고 이 언어가 날 이렇게 비참하게 만드나? It is about translation, 영어는 점점 더 위로 치켜뜨게 되는 나의 두 눈앞에서 뒤룩거리면서 지겹도록 거듭 말하고 있었다. 그로써 우리는 확실히 멜빌의 고래와는 더 멀어졌지만, 어떻게든 먹고살겠다고 용쓰는 저 가엾은 로빈슨과는 가까워졌다.

결국 실컷 화냈지만, 내 가마솥에서 결코 끓지 않을 답보 상태에 불안해진 나는 그놈의 성가신 "It is about water"를 그냥 "물"이라고 간단명료하게 '대체'했다(대체야말로 번역가의 일이기 때문이다. 번역가는 위대한 희가극 대역 전문이다). 그렇다. 물, 마침표, 그걸로 끝. 물이라고만 하고 더는 말하지 않았다. 그래, 잔을 채웠고 술은 마셔 버렸는데 뭐 어쩌라고? 그냥 물이다. 뭔가 덧붙일 필요도 없었다. 물, 거기서 모든 것이 시작되니까 물을 전면에 내세워 앞장서게 하자. 감미로운 수성水性의 물이 단독으로 무대 앞에 나가 명백히 불가능한 "It is about"에 대한 작업을 해 줄 수 있도록. 나의 프랑스어는 그 물을 원치 않았다. 마실 수 없는 물이라면서 우웩, 우웩, 자꾸만 뱉어 냈다. 『마일 제로』의 영어 원본, 즉 자막이 필요 없는 토머스 산체스의 버전은 이렇게 시작한다.

> It is about water. It was about water in the beginning. It will be in the end. The ocean mothered us all. Water and darkness awaiting light. Night gives birth.

번역되고, 대체되고, 파괴당하고, 지워지고, 잊히고, 조각나고, 박해받았지만 해방된 프랑스어 책 『킬로미터 제로』는 다음과 같이 (다시) 시작한다.

> 물. 처음에 물이 있었고, 끝에도 있을 것이다. 대양은 우리의 어머니다. 물과 어둠이 빛보다 먼저 있었다. 어둠에서 만물이 태어났다.

나의 의도를 오해하지 않았으면 좋겠다. 나는 내 번역이 성공적이라든가 유일한 대안, 혹은 적어도 가장 세련된 번역이나 가장 수월하게 풀리는soluble(프랑스어로 "물에 잘 녹는") 번역이라고 말할 생각이 전혀 없다. 없다마다. 지금의 나는 너무 괴로워하지는 않되 모든 것을 다시 붙잡고 싶고 다시 시작하고 싶고 다른 것을 내세우고 싶은 마음에 저항한다. 나는 다만 1980년대 말에 번역가가 아니었던 내가 당시 이 첫 문장, 이 저주받은 — 모비 Moby? — 첫 구절을 대하며 경험한 실패, 등가적 문장을 끝내 찾아내지 못한 실패가 좌절로 변했고, 그 좌절에서부터 해결책이 떠올랐다고 말하는 것이다. 이 해결책은 '근사치'로 보일 수 있지만, 바로 그게 'It is about'이 말하는 바가 아닌가? 번역은 근사치의 글쓰기다. 패를 버리면서, 불필요하거나 들고 있으면 위험한 카드를 버리면서 하는 일이다.

번역은 실패의 명문 학교다. 프루스트 말마따나 질투가 사랑의 진실인 것처럼, 번역이 문학의 진실일 수도 있다. 텍스트를 지극히 숭배한 나머지 그 안의 단어들을 하나하나 완전히 제거하기에 이르는 이 터무니없는 사랑을 어떻게 생각해야 할까? 마치 번역가는 사랑의 대상을 만나고도 손을 내미는 대신 면전에다 대고 문을 쾅 닫아 버리는 것 같지 않은가. 사랑받는 텍스트는 애무도 받는 둥 마는 둥하다가 도로 닫혀 버린 듯 보인다.

번역이 실패의 수업인 이유는 번역 실무가 '번역 불가능성'의 문제를 불러오기 때문이다. 한 단어를 다른 단어로 대체하는 것은 속임수다. 동일한 것이 아닌 다른 것을 제안하면서 그 차이가 등가성을 띠기를 바란다. 그런 식으로 우리는 원어뿐만 아니라 그 원어에 결부된 것들까지 — 마치 파일 위에 파일을 덮어씌우듯이 — 덮어씌운다. 나는 'bread'를 '빵'으로 번역하면서, 마치 네모진 영국 식빵이 둥글둥글해지고 길쭉해지고 껍질이 갈라지고 노릇노릇해지면서 파리의 유쾌한 바게트처럼 될 수 있는 척한다. 어차피 할 바에는, 어차피 해체할 바에는 '런던'을 '파리'로, '워털루'를 '오스테를리츠'로, '셰익스피어'를 '몰리에르'로 옮길 수 있을지도 모른다. 하지만 나는 그러지 않기로 한다. 점잖음bienséance에는 한계가 있고, 번역은 스스로 점잖기를 바라므로. 번역은 잘 앉혀져야bien seoir 할 의무, 달리 말하자면 적절하게 자리 잡아야 할 의무가 있다.

그렇다, 나는 이미 'bread'의 실패를 껍질이 바삭한 바게트에 감추는 데 성공했다. 터무니없는 위험을 감수할 필요는 없다. 빵. 처음에 빵이 있었고, 끝에도 있을 것이다. 보일 리 없고 알 리 없다. 그저 읽힐 뿐이다.

언어들 사이에는 뛰어넘을 수 없는 균열이 있다. 번역은 그 균열을 채우려 하지 않는다. 번역은 다른 것을 제안한다. 번역은, 속임수라고 하기 뭐하다면 은근슬쩍 감추기라고 할까, 하여간 마법에 해당하는 몸짓을 이용하여 대체한다. 번역은 자신의 실패를 근사치의 작업으로 만든다. 이미 말했듯이, 쓸모없는 패들을 버리면서 위조꾼 노릇을 하는 것이다. 번역은 믿게 만든다. 번역은 상상한다. 번역은 우긴다. 그리고 지나간다. 매끄럽게 흘러간다. 우리는 불길만을 보았고, 거기 쓰인 작은 나무는 우리에게 친근하다. 나는 "It is about"를 번역해 내지 못했기에 아예 가져가지 않았다. 무능에 의한 삭제였다. 솔직히 말해, 자랑은 아니다. 하지만 실패에 두 얼굴이 있는 것은 사실이다. 결단들의 하늘을(자, 자, 또 나왔다, 이 은유적 하늘이……) 향해 힘껏 던져 올린 동전에 대해서는 앞뒷면을 염두에 둔다. 하지만 혹시 또 모르지, 그 동전이 옆면으로 떨어질지도. 실패는 번역가에게 말한다. 너는 해내지 못할 거라고, 그 일은 불가능하다고, 초롱은 오줌보가 아닌 것처럼* 절대로 잘 썰어 낸 식빵이 난파의 궁지라는 허구한 날 등장하는 상황 배경 속에서도 결코 프랑스에서 옛날부터 먹었던 타르틴으로 보일 수는 없다고 말이다. 그러나 실패는 번역가

* 프랑스어에서 '오줌보가 초롱인 줄 안다'라는 관용 표현은 '별로 비슷하지도 않은 것들을 두고 착각한다'는 뜻이다. (옮긴이)

에게 이런 말도 한다. 너는 불가능한 일을 해야 할 의무가 있으니 주저하지 말라. 피를 포도주로 바꾸어라. 두고 보려무나, 모두가 그로써 저마다 득을 볼 터니. 특히 그런 방향으로라면 말이다. 이게 농담처럼 들리겠지만, 사실 화체化體* 개념은 번역이라는 이 농간의 성사적聖事的 측면을 좀 더 잘 이해하게 해 준다.

요컨대, 질료의 변화다. 하지만 질료의 제거이기도 하다. 질료의 이동. 질료의 전환. 질료의 탈선. 형상의 왜곡. 공간의 개조. 패턴의 재개. 교묘한 외통수와 담대한 기도. 포包를 붙잡고 그의 목을 비틀라. 보들레르가 『어셔 가의 몰락』을 번역하면서 바로 그렇게 했다. 그는 이 책 도입부의 'dull(따분한, 칙칙한)'을 'fuligineux(매연색의, 거무스름한)'로 옮겼다. 보들레르는 'dull'이 따분해도 너무 따분하다고, 필연적으로 지나치게 따분하다고 보았던 것 같다. 'fuligineux'는 『악의 꽃』의 작가가 익히 알고 다루고 좋게 생각한 단어였다. 말이 난 김에 솔직해지자면 'dull'은 실패의 냄새를 풍긴다. 'dull[dɔl]'은 단음절이다 보니 입에서

* transsubstantiation. 빵과 포도주가 성체성사를 통하여 그리스도의 살과 피가 된다는 교리적 개념. (옮긴이)

발음이 나오다 마는 느낌이다. 'fuligineux[fyliʒinø]'는 나붓거리는 느낌이 좋다. 물론 조금은 느끼하고 조금은 거드름 피우는 것 같지만 그래도 나붓거리면서 자신의 재를 화려하게 흩뿌리지 않는가. 눈곱만큼도 따분하지dull 않다. 보들레르가 너무 과했을까? 아니면 일을 제대로 하지 않는 그 'dull'에서 실패를 보았는가? 때로는 일을 잘 못하는 단어를 '매연으로 덮는fuliginer*' — 제발 이 타동사가 존재하기를! — 것도 도움이 된다. 애도의 비통함을 강조하기 위해 재를 머리에 쓰듯 단어를 재로 감싸는 것이다. 그런데 이건 애도가 맞다. 원문에 대한 애도 말이다. 그리고 우리는 뒤에서 죽음을 실패로 간주하는 것이 과연 온당한지 살펴볼 것이다(하지만 민들레의 숨겨진 맛에 대하여 구구절절 늘어놓기 전까지 좀 기다려 보자).

* 프랑스어에 이런 동사는 없다. 따라서 문맥에 따른 의미를 임의로 부여했음을 밝혀 둔다. (옮긴이)

실패란 무엇인가 (2)

실패는 생의 충동을 가장한 죽음 충동이다 — 혹은 그 반대이거나.

실패는 잠들기가 두려울 때마다 꾸는 꿈이다.

실패는 허공으로 뛰어내리는데, 1부터 무한대까지 숫자를 세면서도 땅바닥에 충돌하는 순간을 늦추기 위해 계속 자신을 속이는 짓이다. 물론 헛된 기대다.

실패는 시차視差 오류에 근거한 확신이다. 더 심각한 문제가 있음을 인정하자.

실패는 하나의 콘텐츠로서 그것을 잘 담으려는 컨테이너를 온통 차지할 뿐 아니라 결국 그 컨테이너까지 담아낸다.

실패는 플로베르 아닌 다른 작가가 쓴 플로베르 소설이다. 아이고야.

실패는 경찰 폭력과도 같아서 거기에 굴복하는 자들의 환상 속에만 존재한다. 뭐, 그렇게 보인다는 말이다.

실패는 재고 조사 때문에 문을 닫은 영안실이다.

실패는 언제나 한발 앞서간다. 아니, 두 발. 아니, 세 발. 그리고 계속.

실패는 화염방사기 공장 안에서 건들거리는 도자기 코끼리다.

실패는 그 존재만으로도 환하게 빛을 발하여 그 자리에 없는 자들의 눈까지 멀게 한다.

나는 서명하고 읽는다*. 서명하고 읽고, 서명하고 읽고, 서명하고 읽고, 서명하고 기타 등등.

실패는 왜 비에르종에 가 보고 싶었느냐고 굳이 물어보지 않는다.

실패는 우리가 제기하기를 잊은 문제의 답이다.

실패는 그대가 암스테르담항에서 눈물 흘리듯 오줌을 눌 때 바르샤바의 성벽을 거닌다.**

실패는 새 안의 새장이다.

실패는 깊은 숲속에서 쓰러진 나무다. 그 나무가 우지끈 갈라지고 넘어가는 소리는 그 꼭대기에 올라가면 좋겠다고 생각했었던 당신밖에 듣지 못했다.

* 'persister et signer'는 원래 조서를 읽고 그 내용에 이의가 없다는 뜻으로 서명한다는 뜻이다. 여기서는 'signer et persister'로 순서가 거꾸로 되어 있다. (옮긴이)

** 이 문장은 자크 브렐의 노래 〈암스테르담〉과 〈바르샤바의 성벽〉에서 발췌한 가사들의 조합이다. (옮긴이)

실패는 커다란 자루다. 그 자루를 빵빵하게 부풀리려고 불평불만을 가득 채워 봤자 헛수고다. 크리스마스가 이미 코앞이다.

실패는 무거운 엉덩이로 품은 알이다.

3
위위와 마법의 화산

이렇다고 하자. 아니, 거듭 말해 보자. 실패는 번역이라는 소득 없고 기만적인 과정에서 발생하는 일시적 우연이 아니다. 실패는 번역의 토대이자 존재 이유, 번역의 원동력이자 지평이다. 실패는 불을 지피는 재다. 그 이유는 번역이 일종의 넌센스이기 때문이다. 기표를 보존하기에 부적합한 행위로 기의를 보존하고자 하는데, 이게 넌센스가 아니면 뭔가. 번역은 '돌려주기'에 실패한다. 원문의 모든 것을 가져가 모든 것을 지우는데 뭔가를 돌려줄 수 있을 리 있나. 원문의 신비, 번역은 그 신비를 가린다. 그리고 이 흑마술의 속임수가 '받아들여지도록', 이 참사를 잊게 하려고, 자신의 실패를 위장하고 독자들에게 최면을 걸어 그들이 읽는 것이 원래 그렇게 써진 것이라 믿게 만든다.

이 실패는 때때로 독자에게 낌새를 들키거나 들통이 난다. 이를테면 동일한 작품에 대하여 여러 번역본이 나와 있는 경우가 그렇다. 마치 정신이 초점을 달리 맞추기라도 한 것 같지 않은가. 위대한 고전들이 주로 이런 운명을 맞지만, 우리와 동시대인의 작품이라고 하여 이러한 팔자에 놓이지 않는 것은 아니다. 어떤 번역은 실패작이라고만 보아야 할까? 그것은 세월의 시험에서 실패했는가? 그렇지만 세월의 흐름 속에서 구식이 되지 않으려면 어떻게 번역해야 하는가? 그리고 왜 도착어만 주름이 자글자글해진단 말인가? 어째서 셰익스피어는 여전히 셰익스피어인데, 프랑수아 빅토르 위고의 번역본들은 나뭇가지에 약간 시들어 매달려 있는가? 이 우울한 이야기에서 실패한 것은 무엇인가? 정말로 번역본의 실패일까? 세월을 들이켜면서 끊임없이 젊어지는(역설인 거 나도 안다……) 우리의 시선이 이 시대의 보편적 분위기에 즉각 장단을 맞춰 주지 않는 번역본을 읽어 내는 데 실패한 것 아닐까? 번역은 뚜렷한 구술성이나 특정 은어들로 인한 부담을 지지 않더라도 먼지가 쌓일 수밖에 없는데, 원문이라는 모델은 도리언 그레이의 기를 받은 것처럼 불멸의 무지갯빛을 변함없이 뿜어낸다(이쯤에서 다리오 아르젠토* 유의 불안한 음악이 나와준다고 상상하라).

시절이 변하면 시선도 변한다. 버지니아 울프의 '자기만의 방'은 이제 침대를 포함하지 않는 별도의 방, 독립된 개인 공간으로서 자리 잡기를 원한다. 울프가 말한 'room'은 애초에 규방 같은 것이 아니었고, 우리는 그 점을 진즉에 알아차렸어야 했다.

하지만 다수의 번역본 얘기로 돌아가 보자. 우리는 여기서 불안한 회절回折, diffraction 과정을 보게 된다. 다양한 형태로 존재하는 동일한 텍스트라니! 동일자는 당황스럽게 더듬는 말을 통하여 드러난다. 결코 안정화되지 못한 채. 심란한 유사성과 요란한 불협화음을 제공하면서. 저자 이름은 하나인데, 그다음에 오는 이름은 제각각이다. 하나의 앞면이 낳은 뒷면들이 대가족을 이룬다. 마치 신의 말씀이 허다한 복음서를 필요로 하는 것처럼 — 게다가 성경적으로 말하자면 그런 경우가 맞다. 우리는 땅 밑에서 진

* Dario Argento. 1940년에 태어난 이탈리아 영화감독으로 1970~1980년대 공포 영화의 대가로 손꼽힌다. (옮긴이)

실의 문제가 위험스럽게 뻗어 나가는 것을 감지한다. 그리고 문학에서 진실의 문제는 면도날이 가득 든 크림 파이다.

맬컴 라우리의 『화산 아래서 *Under the Volacano*』를 예로 들겠다. 여러분은 'au-dessous'와 'sous' 가운데 어떤 역어를 택하겠는가?* 실제로 이 책의 번역은 현재 스티븐 스프리엘 & 클라리스 프랑시용 역본(*Au-dessous du volcan*, 1949)과 자크 다라스 역본(*Sous le volcan*, 1987)이 있다. (저자 라우리는 1949년 본의 역자들에게 협력했지만, 철저히 '난처해하는' 것으로 대부분의 시간을 보낸 듯하다.)

'under'처럼 기본적인 단어가 다양하게 번역될 수 있다는 사실만으로도 독자들이 불안해지기에는 충분할 것이다. 서로 다른 둘이 비슷하기를 바라거나 그렇다고 주장한다고 하면, 이건 무슨 뜻인가? 나는 원문의 의미인 '아래쪽에 au-dessous' 있는가, 아니면 '바로 밑에 sous' 있는가? 이 전설적인 책의 또 다른 프랑스어 번역본은 'En-dessous du volcan'이라는 제목을 취할 수도 있을 것이다. 하지만 관

* 'sous'와 'au-dessus'는 둘 다 '아래'라는 위치를 가리키는 전치사 혹은 부사이지만, 위에 있는 사물과의 접촉 여부에 따라 쓰임이 다소 다르다. 하지만 그러한 차이를 늘 엄격하게 구분해 사용하지는 않는다. (옮긴이)

점이 달라질 수 있음을 환기하려는 수작이었을 뿐, 그냥 'Au-dessous du volcan'으로 가는 게 바람직하지 않을까? 혹은 환각성 약물의 도움을 빌려 'Soûl le volcan'*이라고 해 볼까(부디 진지하게 듣지 말기를).

마찬가지 맥락에서, 페렉의 소설 『실종*La Disparition*』이 데이비드 벨로스의 번역으로 『빈 공간*A Void*』이 되거나 존 리의 번역으로 『사라진*Vanush'd*』이 되었다고 불평할 것인가!? 전자의 번역은 재치 있다 못해 요망하다. 이 제목을 소리 내어 읽으면 '빈 공간, 공허'라는 뜻 말고도 동사 'avoid(피하다)'를 떠올리게 되기 때문이다.** 위험을 무릅쓰고 축약을 동원한 2번 해결책도(그렇다, 편법에 경의를 표하자) 우리의 마음을 사로잡는다. 충분히 이해가 간다. 리포그램***이라는 제약이 번역의 실패를 빼도 박도 못하게

* 'Sous le volcan'과 발음이 같지만 'soûl'은 '만취한'이라는 뜻의 형용사다. (옮긴이)

** 『실종』은 알파벳 문자권에서 가장 많이 쓰이는 모음 e가 한 번도 나오지 않는 소설이다. 따라서 이 책의 번역가들도 e 혹은 특정 문자를 '피하면서' 번역문을 작성해야 했다. (옮긴이)

*** lipogram. 특정 문자나 문자 집단을 사용하지 않고 문단이나 문학 작품을 만드는 글쓰기다. 여기서 다루고 있는 페렉의 『실종』은 대표적인 리포그램 소설이다. (옮긴이)

뒷받침하고 있으니 번역은 틀을 깨고 나와서 창작을 할 수 밖에 없다. 그리고 어쩌면 우리는 더 이상 번역이 아니라 실종을 논해야 할지도 모른다. 어쩌면 번역서들의 제목 아래 '~에 의해 실종된'이라고 써넣어야 할지도. It is about 마법.

말장난만 번역 불가능하다고, 그것만이 실패가 번역의 굴 밖으로 콧잔등을 내밀게 한다고 — 잘못 — 알고 있는 사람이 너무도 많다. 말장난, 관용 표현, 해학적 기지, 동음이의어 놀이 등등. 고정된 것, 뒤틀린 것만 문제일쏘냐. 당연히, 전혀 그렇지 않다. 말장난은 텍스트의 살갗에 박힌 미인점이라고 해 두자. 모든 단어, 모든 문장 앞에서 나는 좌절한다. 나는 "to be or not to be(존재하느냐 혹은 존재하지 않느냐)"를 "être ou ne pas être"로 옮기는 게 이상적인 줄 알지만 주저한다. 마치 바로 이 문장처럼, 나는 주저한다. 번역하느냐 혹은 번역하지 않느냐, 이것이 답이다.

사실 말장난은 번역가가 머리를 싸매야 하는 오만 가지 고민 중에서 명함도 못 내미는 말단 중의 말단이다. 게다가 말장난이야말로 번역가가 실패를 용서받는 전문 영역이다. 동음이의어의 구렁텅이 앞에서 직면한 번역가의 실패는 그리 욕을 먹지 않는다. 한때는, 그리 오래전도 아니지만, 번역가가 뻔뻔스럽게도 "번역 불가능한 말장난—역주"라고 본문 아래쪽에 각주를 다는 경우가 비일비재했다. 대사 불러주는 사람이 자기도 대사를 까먹었다는 건가. 역주는 '역모자의 주절거림'의 준말인가. 번역가는 실패를 용서받을 뿐 아니라 칭찬까지 받는다. 번역가가 자신의 실패에다가 장작더미 뒤의 작은 발견을 갖다 붙이면 칭찬이 돌아온다. 살결이나 목소리는 흉내 내기 힘들어도 점은 비슷한 자리에 찍으면 그만이다. 그리고 우리는 실패를 논하고 있기 때문에, 끊임없이 풀스 메이트에 직면하기 때문에, 이 '발견'이라는 단어는 조지는 것이 마땅하다. '발견'은 무능한 번역가의 체면을 세워 주는 동시에 그의 교활한 분신에게 영합하는 단어다.

번역은 발견의 적이다. '발견trouvaille'은 '구멍trou'과 '일travail'의 도착적 교합에서 태어나기라도 한 듯 추잡한 단어다. 번역은 흐름, 연속체, 리듬의 작업, 호흡과 율독의 일이다. 반면, 발견은 곡괭이질에 불과하다. 곡괭이질 다음에는 가스가 올라오고, 그다음엔 행운이 떨어진다(내가 도식화했다, 으흠). 우리는 일련의 단어들을 번역하는 게 아니다. 번역이 그런 것이라면 아무 인공지능이라도 『피네긴의 경야*Finnegans Wake*』를 신속하게 번역해 낼 것이다. 그러면 우리는 무엇을 번역할까? 메아리 말고 번역할 것이 있을까? 메아리야말로 언어에서 '같은 것을 다르게 말하기'의 실패를 일깨우기에 안성맞춤이지 않은가? 발견은 번역이라는 질병의 재미있는 증상이다. 내가 "it's raining cats and dogs"를 "고양이와 개들이 비처럼 내린다"라고 번역하지 않고 "장대비가 퍼붓는다"라고 번역하는 것은 "반려동물은 솔직히 물이 아니기 때문에 비처럼 내릴 수 없다"라고 말하는 것과 마찬가지다. 물론 좀 어색하게 "사실 장대와도 비슷하지 않지만"이라고 덧붙이겠지만. 번역은 자신을 만족시키는 것을, 적어도 언어를 만족시키는 것을 비처럼 쏟아지게 한다.

여기서 내가 겪었던 사례를 들어 보겠다. 번역이 왜 종종 마트료시카 놀이가 되고 마는지 이해하는 데 도움이 될 것이다. 나는 존 바스의 벽돌책 『연초 도매상 *The Sot-Weed Factor*』을 번역해야만 — 아, 죄송, 번역하고자 — 했다. 영국을 떠나 미국에서 담배 중개업에 뛰어든 한 시인 지망생(이자 숫총각, 그 둘은 모순적이지 않다)의 피카레스크 영웅담이라고 할까. 이 책은 1960년에 나왔지만 시대적 배경은 17세기 말이다. 따라서 저자가 이 작품을 예전 시대의 영국 소설들을 '모방한' 언어로 쓴 이유도 부분적으로 이해가 간다. 따라서 '모방한' 스타일을 '재현하는' 것이 합당했다(이 작은따옴표들이 우리의 의도를 헐뜯다 못해 우리를 죽일 것이다). 하지만 다른 언어를, 혹은 자신의 이전 상태를, 모방하는 언어를 어떻게 번역할 것인가? 1680년부터 1720년까지의 피카레스크 문학을 탐독하는 것은 전혀 도움이 안 됐다. 『톰 존스*Tom Jones*』나 『클라리사*Clarissa*』에 흠뻑 빠지거나 다시금 열중할 생각을 하니 신나긴 했지만 말이다. 반면, 같은 시기의 프랑스 자료를 읽는 것은 도움이 될 듯했다. 아, 물론 그 자료들의 영어와 프랑스어가 같은 시대, 진화의 같은 단계에 있다고 주장할 수 있다면 말이다. 듣고 있나, 다윈?

나는 일차적으로 떠오른 방책을 취했으나, 그 방책은 구제 불능의 실패만을 후원자로 삼는 듯 보였다. 사실 나는 언어에 부여해야 하는 '노화'를 고려하지 않고 번역에 착수했다. 나는 노화라고 했지만 사실 연대기적으로는 더 젊은 상태이니 이보다 더 역설적일 수는 없다. 어쨌든 일단 번역 초고를 만들고 커서를 바꾸면서 — 통사 구조, 어휘, 관용 어구 등등 — 전체적으로 매만져 주면 작품에 적당한 고색古色을 부여할 수 있을 줄 알았다. 적당한 고색. 루이 16세 양식 가구의 복원과 카나우바 왁스 사용법에 대한 에세이 제목으로 괜찮을 것 같지 않은가. 그러나 내 경우에 적당한 고색은 개뿔, 야금야금 곰팡이만 슨 판국이었다. 나는 그러한 접근법이 매우 수고스러울 뿐 아니라 작위적이라는 점을 금세 깨달았다. 번역이 자연스러운 작업이어서가 아니라 — 천만의 말씀이다 — 본능적인 감보다 특수 효과를 선호하면 높은 확률로 벽에 부딪히기 때문이다.

그래서 다른 전략을 택했다. 죽은 언어를 — 아, 죄송, 책 속에서만 살아 있는 언어를 — 어떻게 작업 중에 배우는 외국어를 본따 구사하려고 노력하면서 말할 — 죄송, 글로 쓸 — 것인가? 하여, 나는 17세기 문학에 쓰인 프랑스어를 공부하기 시작했다. 마치 타임머신을 만들어 순전히 언어적인 낯선 고장으로 떠나기라도 할 태세였다. 그러자면 내가 문장을 만드는 방식을 다시 생각하고, 현대어를 지금은 잘 쓰이지 않는 어휘로 대체하고, 요컨대 문체와 문법의 반사적 반응을 수정해야 했다. 내가 착각을 불러일으킬 수 있다는 느낌이 들 때, 어떤 언어가 다른 언어처럼 느껴지게 할 수 있을 것 같을 때, 나는 이 길고도 까다로운 노동에 뛰어들 수 있었다. 다른 언어를 이제는 잊힌, 더구나 그 또한 옮겨진 바인 언어로 옮긴다는 이 노동에…… 그러면서도 또 하나의 숨겨진 언어를 존중해야 했다. 저자인 존 바스의 언어, 바스어語, 바스체體. 내가 무슨 말을 하는지 알 것이다. 더욱이 이것은 번역의 원칙이다. 타자가 여러분의 눈멂도 하나의 성공 수단이라고 여러분을 설득하는 한에서, 타자가 하고자 하는 말을 알아차려야 한다.

결과물은 내가 판단할 입장이 아니지만 이것만은 말할 수 있다. 이 길고 위태위태한 번역(나의 두 번째 역서)을 마친 후, 나는 케케묵은 언어 구사 습관을 도로 벗어던지기 위해 꽤 많은 지면을 버려야 했다. 실패는 변형되더라도 언제나 새로운 자리를 차지한다는 증거다. 나도 두 번은 안 당한다.

소설 제목을 번역하면서 아예 새로운 제목을 지을 때가 많다. 때로는 편집자의 요구로, 때로는 내가 그러기로 작정하고 편집자의 동의를 얻는다(적어도 편집자가 동의할 겨를이 있다면). 예를 들자면, 하루는 — 하루 만에가 아니니 안심하라 — 'A Long Cold Fall'이라는 제목의 추리 소설을 번역했다. 미국 영어에서 'fall'은 '추락'과 '가을'이라는 두 가지 뜻이 있다. 그런데 이 소설은 '추락'을 다루고 계절적 배경은 '가을'이다. 제목을 만족스럽게 옮기지 못한 나의 실패는 — 이 책은 프랑스에서 '택시가 수사를 지휘하다'라는 제목으로 나왔다(아, 그래, 나도 안다……) — 원어의 실패, 언어적 실패다. 제목에서 환기하는 추락은 나의 언어적 추락을 불러왔다. 다의어多義語는 훌륭한 발명이지만 번역에는, 내친김에 그놈의 발견에 대해서도 조종弔鐘을 울린다. 언어는 수출되지 않고 강제 수용되다가 균열 속으로 사라진다. 나뭇잎이 떨어지는가? 균열이 생기는가? 그렇다, 번역은 이런 것이다. 텍스트의 나무가 모든 잎을 떨어뜨리는데 그 소리는 들리지 않는 희한한 가을. 번역가가 남몰래 쉴 새 없이 행하는 접붙이기 소음에 묻혀 잎 떨어지는 소리는 들리지도 않는다. 번역가는 덧없는 것을 마주하는 위대한 실패자다.

요약해 보자. 실패는 언어 속에서 카인을 바라보고 있었다. 카인은 원문이라는 아벨을 살해했다. 많은 걸 바라지도 않았던 그 가엾은 아벨을. 분명히 짚고 가자. 『피네건의 경야』는 '이론적으로' 『노디와 마법 지우개*Noddy and the Magic Eraser*』보다 번역하기가 어렵지 않다. (프랑스어판 제목은 '위위와 마법 지우개Oui-Oui et la gomme magique'인데, 『보바리 부인』과 앙리 샤를랑의 『배관 및 위생 설비에 관한 실무』와 더불어 내가 아주 좋아하는 책 중 하나다.) 'noddy'라는 단어 하나만으로도 벌써 막다른 길이다. 아무도 프랑스어로는 '고개를 끄덕이지nod' 않는다. 엄청 신 자두를 먹고 난 후라면 모를까. 나는 이 난해한 단어 'noddy'를 해결하지 못해서 처음에는 '아멘(그대로 될지어다)'이라고 했다가 그다음엔 '위(네)'라고 했다가 최종적으로 '위위'를 택했다. 실무적으로 그렇게 결판이 났고, 더 이상 이론의 문제가 아니다. 번역해야 할 책이 무엇이든, 모국어의 판테온으로 그 책의 고귀한 유골을 옮겨 올 책임이 있는 자는 불안정한 왜곡을 경험할 것이다. 그는 거의 모든 문장에서 어떤 신비로운 힘이 자기에게 괴상한 문장을 쓰게 하고 모국어를 절게 하는 것을 감지한다. 여기서 셀린이 제시한 찌그러진 문체의 이미지를 떠올려 보자. 물속에 잠겨 있을 때 곧게 보이는 막대라면 원래 굴절된 것이다. 이 이미지는 그만한 가치가 있지만, 막대를 굴절시키는 것은 생각보다 어렵다. 게다가 막대가 자칫 부러질 수도 있으므로 이 섬세한 조작에는 적합지 않다. 진술의 순간에 언어를 어떻게 비튼단 말인가? 시인 장 토르텔이 답한다. "비틀어라. 있는 그대로."

모든 첫 문장이 왜곡에 왜곡을 거쳐야만 내가 가려는 곳에 갈 수 있다니, 이 무슨 끔찍한 조화인가? 번역이라는 행위는 우리를 시원의 물속으로 돌려보내는 것 같다. 언어 안에서 헤엄치는 것이 당연하지 않았던 때가 있었다. 번역가는 간헐적으로 유아기로 돌아간다고 말할 수도 있을 것이다. 달리 말하자면, 언어가 아직 미치지 않은 아이 때로 돌아가는 것이다. 바벨탑의 선구자라기보다는 객설의 노리개인 번역가는 자주 박탈감을 느낀다. 그는 자신의 고유한 말을 찾지 못하고, 어떤 단어들을 말하기 위해 다른 단어들을 사용한다. 그는 잘못 알아듣고, 어떤 부분은 뛰어넘고, 발을 헛디딘다. 그는 자기가 더글러스 페어뱅크스인 줄 알지만 버스터 키턴처럼 용을 쓴다. 그는 아합 역을 바라지만 몰로이를 연기한다.

일반적으로 어떤 개념을 잘못 해석하면 '오역'이라는 지적을 받는다. 그런데 사실 번역가는 의미를 거스르면서 진전을 보는 기분이 들 때가 많다. 그는 자신을 자꾸만 뒤로, 언어의 모호한 상태로, 말하기와 말 배우기가 하나였던 그때로 밀어내는 의미와 맞서 싸운다. 번역은 사람을 유아적으로 만들 뿐 아니라 어리석게 한다. 말 그대로, 문학적으로, 바보로 만든다.

세드리크 드망조*는 말한다.

> 나는 무식한 사람의 편이 아니지만 배우지 못한 사람과 함께 한다. 성자의 편이 아니라 불쌍한 자의 편이다.

내친김에 알프레드 드 비니가 말브랑슈에 대해 했던 말을 인용하지 않을 수 없다.

> 말브랑슈는 열일곱 살 때까지 바보였다. 높은 데서 떨어져 머리를 다치는 바람에 개두 수술을 받았는데, 그러고 나서 천재가 됐다.

그러나 악착스러움이 추락으로 작용하고 편집부의 압력이 개두 수술과도 같은 효과를 발휘하기 전에, 번역가는 바보스러움의 시간으로 들어간다. 그는 첫 문장에서 태어난 두 번째 문장을 의식적으로, 성실하게도 그르친다. 십중팔구는 기대했던 나비 대신 쪼그라든 잿빛 애벌레를 볼 것이다. 그러나 이 '바보스러움'을 인정하고 받아들일 때 비로소 자기 실패의 규모를 가늠하고 발견의 꿍무니를 쫓

* Cedric Demangeot, *op. cit.*

는 대신 메아리를 찾으러 나아간다. 번역가는 등가성을 급조하기보다는 메아리를 만들어 내야 하기 때문이다. 번역가는 자기 방식대로 일종의 에코 챔버가 되어야 한다.

에코 챔버chambre d'écho란 무엇인가? 공식적 정의는 다음과 같다. 에코 챔버란,

> 전기 신호에 그 신호의 하나 혹은 그 이상의 사본을 점점 줄어들면서 반복되게끔 시간차를 두고 추가하는 전기 혹은 전자 장치다. 이 장치는 소리를 처리하여 메아리(반향음)를 연상시키는 효과(지연)를 낳는다.

이 정의를 비틀어(오, 친애하는 막대여……) 번역은 의미를 처리하여 의미론적 메아리를 연상시키는 효과를 낳는다고 말할 수 있겠다.

그래, 그렇다 치자. 하지만 너무 앞서가진 말자. 메아리란 무엇인가? 다시 공식적 정의를 참조해 보자.

> 메아리는 소리를 전파하는 매체에서 발생하는 불연속성에 반사된 음파가 되돌아오는 것이다. 메아리는 소리를 발생시킨 것에서 불연속성까지의 거리 왕복에 따른 시간차를 두고 초

기 신호와는 다른 진폭으로 방출 지점에 돌아온다.

번역가는 전파의 매체로서 불연속성들을 일시적으로 다스려야 한다. 그는 일상적으로 진폭과 지연에 몸을 담그고 있다. 그는 정보를 전달하는 것보다 정보를 변형하는 것을 업으로 삼는다. 말이 나온 김에, '실패échec'와 '메아리écho'라는 두 단어가 얼마나 서로를 반사하는 것처럼 보이는지 주목하자. 타락의 시간을 보내는 번역가는 근본적으로 '실패의 방'이 아닐런가?

하지만 여기서 끊자(막대여……). 어떤 이론도 번역가가 — 당연히, 초라한 꼴로 — 겪는 실패를 정당화할 만큼 견고하지 못하다는 점에서, 번역은 이론을 생략해도 나쁘지 않은 실무 지식이다. 마법의 지우개 없이는 『피네건의 경야』도 없다. 교훈은 이것이다. 모든 책은 번역 불가능하지만 어떤 책들은 유독 더 그렇다.

실패로 시작하기*

오랫동안 나는 행복에 실패했다.

그 일은 그렇게 실패했다.

나는 실패했다. 아무도 그게 내 인생에서 가장 아름다운 시절이라고 말하게 하진 않을 테다.

* 여기 쓰인 문장은 모두 위대한 작가들의 문장을 패러디한 것이다. 그 작가들을 차례대로 열거하자면 마르셀 프루스트, 루이페르디낭 셀린, 폴 니장, 장자크 루소, 샤를 드 골, 블라디미르 나보코프, 어니스트 헤밍웨이, 알베르 카뮈, 몰리에르, 레몽 크노, (다시 한번) 장자크 루소, 제인 오스틴, 장 지오노, 버지니아 울프, 성경이다. (옮긴이)

나는 일찍이 전례가 없고 행여 실패하면 모방자들밖에 나오지 않을 어떤 계획을 세우고 있다.

그들은 어떻게 실패했는가? 누구나 그렇듯, 우연으로.

나는 평생 실패에 대한 견해를 만들어 왔다.

실패, 내 삶의 빛, 내 몸의 불이여.

홀로 조각배를 타고 멕시코 만류 한복판에서 좌초된 (실패한) 한 노인이 있었다.

오늘, 엄마가 실패했다. 아니, 어제인가, 모르겠다.

아리스토텔레스와 철학 전체가 뭐라고 말하든, 실패에 비견할 수 있는 것은 없다.

재드른왤케실패를한거야, 가브리엘이 흥분해서 물었다.

인간은 자유롭게 태어나 도처에서 실패한다.

재산깨나 있는 독신 남성이 실패를 하고 싶어 한다는 것은 누구나 인정하는 진리다.

실패가 말없이 행복해하면서도 깨어 있던 앙젤로를 덮쳤다.

댈러웨이 부인은 자신이 직접 가서 실패하겠다고 했다.

태초에 실패가 있었다.

4
토기장이와 라스타쿠에로

명확하게 쓰여 있는바,

나는 내가 실패했다는 것을 안다. 나는 기력 없는 병자가 홀로 틀어박혀 지내는 구실이 고열에 가장 큰 가치를 부여하듯 실패의 미묘한 쾌감에 탐닉한다.*

누가 하는 말인가? 페르난두 페소아, 아니면 거의 동일인을 가리킨다 해도 무방할 준準 이명異名 베르나르두 소아르스? 그 점은 분명치 않지만 『불안의 책*Livro do Desassossego*』

* Cité par Richard Zenith, dans sa biographie de Pessoa : *Pessoa, An Experimental Life*, Liveright Publishing Corp, 2011.

에서 발췌한 이 문장은 실패와 쾌감을 흥미롭게 결합한다. 실패는 좀 더 견딜 만해지기 위해 쾌감을 필요로 하는가? 아니면 쾌감이 실패에서 어떤 희열의 원천을 감지하고 그것을 추구하는가? 있을 법하지 않은 성공이 낳을 수 있는 허상적 희열보다 훨씬 더 구체적이고 즉각적인 희열이 실패에 있단 말인가? 작가는 실패하는 것이 자신이 뛰어든 계획과 직접적 관련이 있음을 단박에 이해한 것 같다. 그에게 실패는 고립이 아니라 끊임없이 밀고 나가야 하는 단계다. 시시포스의 바위 같다고 할까. 다만 바위는 그냥 밀고 올라가면 되지만, 작가는 실패에 달라붙고 그 괴물이 굴러 내릴 때 거기에 쌓인 이끼가 된다.

우리는 번역은 다르게 실패하기에 해당한다는 것을 앞에서 살펴보았다. 여기서는 글쓰기는 성공이 아니요, 성공의 시도조차도 아니라는 것을 강조하는 것이 중요하다. 글을 쓴다는 것은 — 적어도 양산형 문학과는 다른 뭔가를 써 내고자 한다면 — 무엇보다 실패의 미궁 속으로 파고들어 얻기보다는 잃기를 감내해야 한다.

얼른 미쇼를 불러오자.

그대가 실패하도록 부름을 받은 인간이더라도 아무렇게나 실패하지는 말라.*

그러니까 더 낫게 실패하기와 다르게 실패하기만으로 충분치 않다. 아무렇게나 실패하지도 않아야 한다

누구든 글을 쓰면 금세 위험, 위협, 시련을 줄줄이 사탕으로 만나게 된다. 여기에 맞서려면 퇴마술, 과시 행동, 스트레칭 방법까지도 만들어 내야 할 것이다. 자신의 영험한 기를 보살피고, 통사론의 선수가 되고, 어휘의 요기yogi도 되며, 기왕 될 바에 침묵의 광대까지 되어야 하리라. 그의 여정을 불확실하고 흥미진진하게 만드는 오만 가지 장애물 가운데 가장 사악한 것이 '말하다dire'이다.

작가는 '나는 할 말이 있어'라는 애매한 생각을 가지고 책상 앞에 앉는 사람이 아니다. 그의 모토는 오히려 그 반대, '아무 할 말이 없다'일 것이다. 베케트가 "왜 글을 쓰십니까?"라는 질문을 받고 "달리 잘하는 게 없어서"라고 답한 것과 비슷한 맥락이다. 하지만 착각하지 말자. '할 말이 없다'는 세상을 기술하기를 거부하는 것도, 사유의 막다른 골목도, 순수 언어로의 도피도 아니다. 말로 표현할 수 있

* Henri Michaux, *Poteaux d'angle*, Fata Morgana, 1978.

는 것의 으뜸패에 맞서서 형식주의라는 카드를 꺼내는 것 또한 아니다. 작가를 통하여, 그의 신체, 호흡, 동요를 통하여 받아들여지기를 요구하는 것들이 있다. 순전히 사실 차원에 있지 않은 것들, 발음 이전에 있지 않은 것들, 언어의 지옥에서 왔고 서둘러 그리로 돌아가는 것들. 작가는 콘텐츠를 받아들이고 표현하려고 마음 쓰는 컨테이너가 아니다. 그는 아무것도 표현하지 않는다. 기껏해야 압축할 conprimer 뿐이고 최악의 경우에 축 가라앉힌다déprimer. 시인 메리앤 무어가 잘 말해 주었듯이, 작가는 "난파선의 잔해들을 탐사한다."* 제임스 캐머런의 무의식 속 그 자신이 되기. 쿠스토 선장의 환상 속 그 자신이 되기. (좀 더 나열할 수도 있지만 이만 여러분에게 맡긴다.)

작가가 자주 받는 질문, 순박하게 묻는 것 같지만 실은 그렇지 않은 질문이 있다. 당신은 ……라고 하는데, 그건 무슨 말을 하고 싶은 건가요? 이때 작가는 이렇게 대답할 수 있을 것이다. 하고 싶은 말 같은 건 없습니다, 난 아무

* Cité par Olivier Apert dans *Women, une anthologie bilingue de la poésie feminine americaine du XXe siecle*, Le Temps des Cerises, coll.《Vivre en poesie》, 2014.

말도 하지 않았으니까요. 나는 말에 있지 않고, 내 머리, 신체, 사유를 경유하는 모든 것에 대한 말하기에 철저히 역행합니다. 이야기되고 싶어 하는 것들이 무엇인지 내가 알기 때문에, 적어도 냄새라도 맡기 때문에 그렇습니다. 그것들은 내가 구사할 수 있는 언어 속에서 기다리고 또 기다리다가 화석이 됩니다. 그것들을 헐값에 넘기려는 사회로 인해 지독하게 썩어 갑니다. 내가 그것들을 말하면, 있는 그대로 표현하면, 그냥 죽은 문자로 남을 겁니다. 나는 그것들로 새로운 것을 만들어야 합니다, 옛것을 변형하여 어떤 것도 뻔히 보이지 않게 해야 합니다. 낭독보다는 율독을. 결말은 정해져 있다. 시인 마티외 베네제는 「이는 내 몸이라*Ceci est mon corps*」에서 더 이상 분명할 수 없게 말한다.

> 나는 끊임없이 '할 말'을 피한다. 할 말을 한다는 것은 불가능하다. 글을 쓴다는 것은 '말하지 않기'를 배우는 것, 담론의 '대상'이 끊임없이 밀려나고 생략되는 것을 지켜보는 것이다. 그 대상을 둘러싸고, 우회하고, 그림자만 흔들기. 그 그림자의 흐릿한 풍미를 느끼는 법을 배우기. 바보 같지 않은가. 이건 불발된 만남이다.*

* Mathieu Benezet, *OEuvre*. 1968~2010, Flammarion, 2012.

우회. 들뢰즈가 항상 반복했던 것. 글쓰기는 에둘러 가고 비틀어 가고 리좀을 형성한다, 중간에서부터 사방으로 뻗어 나가며 자라는 식물처럼. 말은 내가 세상의 그 무엇을 전달한다는 착각을 일으킴으로써 나를 붙잡고 바람밖에 씹지 못하는 이 이빨들 중 하나로 전락시킨다. 글을 쓸 때 늘 느끼는 실패감이 바로 여기서 온다. 모든 문장의 주위에서 말하기의 압력이 거의 기압처럼 느껴진다. 그 압력은 내가 공통 언어에 나의 힘을 양도하기를, 나를 생성했고 지금도 생성하고 있는 맥락의 단순한 매개자가 되기를 바라마지 않는다. 소위 '해방하는 말'보다 엉큼한 것이 있을까. 그것들이 내 안에 갇힌 게 아니다. 오히려 내가 그것들에, 언어의 사정에, 언어-사물에 매여 있다. 나는 이미 아주 오래전부터 말해진 것이다. 격렬하게, 은밀하게, 나를 말하기를 철회해야 하는가? 나중에 보겠지만 이 압력에 저항하다가 부메랑을 맞을 수도 있다. 사실상 개인적인 양식으로 도피하여 그 안에 틀어박히게 된다든가 하는 식으로.

요컨대 글쓰기는 말하기가 아니라 말을 거스르기다. 베네제는 그래서 'excrire'라는 단어를 발명했다. 엑스크리르. 이 찢어진 동사가 목구멍 긁는 소리를 내면서 여러분에게 자신의 비밀을 털어 놓게 하라. 표현하다exprimer와 글쓰다écrire, 외치다crier와 배설하다excréter의 희한한 혼종. 마치 글쓰기의 행위 자체에 십자가를 박은 것 같지 않은가. 나는 '써 지르고excrire' 내뺀다. 하지만 여전히? 나는 경계하며 작업한다. 나는 귀가 안 들린다. 나는 열어 놓는 척한다. 목소리를 엇나가게 한다. 자락을 펼친다. 은근하게 돌파한다. 도약과 결합한다. 침묵을 무장시킨다. 나는 부재한다. 중앙을 잘라 낸다. 주름을 생략한다. 나는 간섭시킨다. 나는 과하다. 나는 충분치 않다. 나는 사기 치고 탈구시킨다. 나는 오후 4시 59분에 후작 부인에게 키스한다. 후작 부인이 나에게 키스한다고 해도 좋겠다. 나는 시험 삼아 돌을 돌 그림자 옆에 둔다. 나는 동사를 서서히 부러뜨리고 소리를 접는다. 말하기? I would prefer not to(안 하고 싶습니다).* It is about 침묵.

알다시피 추락의 이유는 다양하다. 말하지 않되 글쓰기나 써 지르기로 충분하다면 작가는 두 손을 불을 피우기

* 허먼 멜빌의 소설 『필경사 바틀비*Bartleby, the Scrivener*』의 주인공이 주위의 요구들에 일관되게 내놓는 대답. (옮긴이)

위해 한껏 마찰하는 두 개의 막대기처럼 비벼 대는 수밖에 없다. 그 이유는 종이를 검은 글자로 뒤덮기만 하면 다가 아니요, 여전히 전부 사유하고 재발명하고 재창조해야 하는 것이다. 나는 단어를 쓰지 않는다. 문장을, 문단을, 장章을, 시를, 처음과 끝을 쓴다. 그리고 모든 문장, 모든 문단, 모든 장, 모든 시에서 글쓰기의 처음과 끝을, 글쓰기의 가능성과 재앙을 마주한다. 사람들이 창조에만 주목하는 지점에서 나는 삭제rature만을 본다. 이 단어 'rature'는 작가의 일에 대하여 시사하는 바가 참으로 많다. 원래는 토기장이가 물레에서 떼어 내는 부분이나 무두장이가 양피지를 만들기 위해 제거하는 가죽의 바깥쪽 부분을 가리키는 말이었다.*

나는 제거한다, 고로 창조한다. 나는 덜어 냄으로써 생산한다. 나는 가죽을 긁어 댄다, 그로써, 의미론적으로 말하자면, 무두질을 하는 '라스타쿠에로rastacuero'**가 된다. 나는 문장을 무두질한다. 벌써 감이 온다. 나는 이뤄 내기 위해 허물어뜨린다. 나는 패배에 거하며 해체를 통하여 작

* https://www.cnrtl.fr/lexicographie/rature

** 19세기에 '졸부, 요란하고 유별난 취향의 소유자'라는 뜻으로 주로 쓰였지만, 원래는 피혁업자를 가리키는 단어였다[rastrar(다루다, 길들이다) + cueros(가죽)]. (옮긴이)

품을 만든다. 나는 글을 쓰면서 실패하기 때문에, 혹은 글을 쓰면서 실패한다는 것을 알기 때문에, 다시 시작할 수 있다. 삭제하고 다시 쓸 수가 있는 것이다. 나는 비단 글 쓰는 사람만이 아니라 다시 쓰는 사람réscrivain이 되어야 한다. 랭보가 말한 바 있는 이 끔찍한 노동자는 자신의 글을 가차 없이 저지르기를 받아들이고, 교정하고, 꾸짖는다. 내가 쓴 글을 다시 읽을 때는 지우개가 손에만 들려 있는 게 아니라 눈에도 달려 있고 호흡에도 실려 있다. 글쓰기는 나를 지운다. 이것이 양산형 문학의 유혹에서 벗어난 작가에게는 하나의 모토가 될 수 있을 것이다.

장피에르 르 고프의 「전력專力의 지우개, 지워야 할 텍스트」*라는 글이 있는데, 우리가 달리 긁어야 할 가죽이 없다면 여기서 조금 상세하게 인용해도 좋을 것 같다. 약간의 발췌가 나의 의도를 공고히 하기에는 과하지 않을 것이다.

> 글쓰기가 지우개를 발명한 게 아니라 지우개가 엔트로피 법칙을 따르기 위해 글쓰기를 발명했다.
>
> 또 이 글은 어떠한가.

* Jean-Pierre Le Goff, *Le Vent dans les arbres*, Le Cadran ligne, 2023.

직사각형 지우개는 단어들의 시신을 눕히는 관이다. 그 단어들은 우리가 연속성을 보장할 수 없었던 사유의 일시적 반영이다.

지우개는 텍스트의 가죽을 긁는다. 다 아는 얘기다. 게다가 단어 자체도 지우개다, 하나의 단어가 다른 단어를 지우러 오므로. 내가 삭제를 하면 할수록, 부인당한 텍스트의 기억은 점점 두터워진다. 나는 흐름을 거스르면서, 일상 언어의 흐름과 거꾸로 가면서 작업을 한다. 나는 끊임없이 균형을 잃으면서 작업한다. 균형은 나를 망치는 듯 보인다. 나는 문장을 성공적으로 써 내려 하지 않는다. 단지 계속 지우든가 부질없어지든가 해서 문장이 완전히 사라지는 것을 막으려 할 뿐이다. 문장은 충격을 견뎌야지, 피해서는 안 된다. 맺집으로, 가능하면 미소를 띠고 버텨야 한다. 나는 문장의 정신을 번쩍 나게 했던 실패의 얼얼함을 독자도 감지할 수 있기를 바란다. 그 얼얼함에 마비가 풀리고 생기, 움직임, 온기가 돌아온다. 나는 무너짐을 노리며 쌓아 올린다. 두툼하게 만들기 위해 덜어 낸다. 나는 완벽에 도달하려 하지 않는다. 내가 뒤죽박죽 늘어놓은 언어의 원자들이 내가 쌓아 올린 텍스트라는 유기체를 뒤흔드는 중이라는 것을 안다. 모든 변화는 탈선을 약속한다. 따라서 나는 텍스트가 자기 방식대로 실패하게끔 도와야 한다. 텍스트의 부분과 전체가 하는 말에 귀 기울여야 한다.

글쓰기를 위협하고 떠미는 이 약점들을 무기 삼아 내가 성공한다는 것은 의심스럽거니와 놀랄 일이다. 문장이 끝나자마자 다시 돌아가야 한다. 그 문장의 그림자가 다음 문장에 드리워져 있고, 그다음 문장도, 그리고 또 다음 문장도 마찬가지다. 하지만 더 이상의 퇴고가 무의미해지는 시점은 내가 정해야 한다. 한 작가의 일생에서, 그리고 책의 일생에서 아주 어려운 결정 중 하나다. 끝났는가? 어떤 끝에도 필경 만족하지 못할 마음을 끝냈는가? 더욱이 출간을 위해서가 아니라면 왜 끝을 낸단 말인가? 이렇듯 출판의 지평이 완성을 해야만 한다는 — 날림으로? — 압력을 행사한다. 텍스트는 항상 변한다. 꼭 더 완벽해지는 것은 아니다. 텍스트는 수은 같다. 정말로 그렇다. 혹은 부상당한 말의 목숨을 끊어 주듯이 다른 것으로 넘어가기 위해 텍스트를 끝내야 할까?

얼른, 카프카를 보자!

인디언이 되었으면! 질주하는 말의 등에 잽싸게 올라타, 비스듬히 공기를 가르며, 진동하는 대지 위에서 거듭거듭 짧게 전율해 봤으면, 마침내는 박차를 내던질 때까지, 실은 박차가 없었으니까, 마침내는 고삐를 집어던질 때까지, 실은 고삐가 없었으니까, 그리하여 눈앞에 보이는 땅이라곤 매끈하게 풀이 깎인 광야밖에 없을 때까지, 이미 말 모가지도 말 대가리도 없이.*

이미 다른 것이 나의 주의력을 요구하고 내가 자판을 두들기기를 바라기 때문에 끝을 내야 한다. 마치 나의 글이 완성으로 좌초되어야만 다른 책을 시작할 수 있는 것처럼, 나에게 항상 다음에 써야 할 작품이 있기라도 한 것처럼. 그래서 다음 책은 정말 좋을 거라 말할 수 있다. 하지만 그런 건 들뢰즈의 말마따나 언제나 끝에서 두 번째 잔을 마시고 있다고 생각하는 알코올 중독자의 말과 비슷하다. 자, 이제 딱 한 잔만 더 마시고 술 끊어야지. 딱 한 권만 더 쓰고 절필해야지. One more cup of coffee before I go(떠나기 전에 커피 한 잔만 더), 밥 딜런은 노래한다. 글쎄, 어떨지.

* Franz Kafka, *Si l'on pouvait etre un Peau-Rouge*, in *La Metamorphose et autres recits*, trad. Claude David, Gallimard, coll.《Folio Classique》, 1990.

역설. 어느 시점이 되면 글쓰기는 쓰기를 멈추는 것이 되어야만 한다. 글쓰기라는 과정 자체가 자신의 중단을 요구한다. 통화는 중단되었다. 그제야 나는 그 중단이 창작의 일부임을 이해한다. 마침표를 찍는 것도 여전히 글을 쓰는 것이다. 이 불가피한 종결 이면에는 어떤 고백이 숨어 있을까? 나는 더 이상 계속할 수 없기 때문에 더 이상 쓰지 않는 것인가, 아니면 부분들의 최종적인 합이 균형을 이루었기 때문에 글쓰기를 중단하는 것인가. 나는 실패했는가, 성공했는가?

좌절과 만족이 나란히 가고, 우리가 백기를 들었는지 의기양양하게 주먹을 휘둘렀는지 구분이 안 가는 이 모호한 황혼 지대를 명확히 보기 위해 모험을 떠나 보는 것이 좋겠다. K 씨의 세계, 그 낮은 천장의 고장으로.

막간 4 (세이 쇼나곤 방식) 나의 실패 목록 (1)

스케이트보드 위에서 20초 이상 버티기, 손에 수류탄을 들거나 들지 않고서.

파죽지세로 성년에 도달하기.

정원사의 정성으로 우정을 가꿔 나가기.

휘핑크림으로 샹티이 크림 만들기(원래 그렇게 만든다).

영어 단어 'obnoxious(몹시 불쾌한)'의 뜻 외우기.

비슷한 두 가지를 구분하기.

아버지 장례식에 참석하기.

왼손으로 글쓰기(왼발로도).

매끄러운 흐름으로 평행 주차하기.

동사 'gérer[ʒeʀe](관리하다)'를 발음하면서 구역질하지 않기.

모노폴리 게임을 하면서 대놓고 속임수 쓰지 않기.

전화 한 통 넣기('전화를 한 통 넣다passer un coup de fil'라는 표현에는 감탄하지 않을 수 없지만).

『잃어버린 시간을 찾아서*A la recherche du temps perdu*』 전권 완독하기(새로운 책의 집필을 시작할 때마다 독서에 너무 빠져서 시간을 빼앗길까 봐 이를 포기해 버린다. 그러고 나서 늘 1권부터 다시 읽는다).

체력을 이루는 모든 부분을 나의 고려 대상으로 삼아 대책 없이 소진하지 않기.

바그너의 〈니벨룽겐의 반지〉 전작 듣기.

비극적인 이야기를 주고받는 중에도 가벼운 말장난은 허용하기.

'winner[wi.nœʁ]'를 발음하면서 비웃지 않기.

'금갈색으로 만들다mordorer'와 '탄력성résilience'이라는 두 단어가 모두 들어 있는 원고를 끝까지 읽기.

부당함을 감내하기, 내가 잘못했을 때에도.

티라미수 마다하기.

더 나은 세상 상상하기.

책 태워 버리기, 나쁜 책이라도 지독하게 나쁜 책이어

도 괜찮으니까. 미셸 우엘베크의 책이라도.

달리기를 하면서 우스꽝스럽다는 느낌 갖지 않기.

주인공을 쓸모없지만 눈길을 끄는 지독한 고통 속에 죽이는 것 말고 다른 방법으로 소설 끝맺기.

두 발을 모은 채 제자리에서 탁자 위로 뛰어오르기(우리 아버지가 이 동작을 더 이상 못하게 될 때까지는 기막히게 잘했다).

출판사와 흥정하기, 아니면 중고 시장에서라도 흥정하기.

넥타이를 매면서 뤼시앵 드 뤼방프레*를 생각하지 않기(나는 발자크의 『화류계 여성들의 영광과 비참』을 읽지 않았지만, 그래도 말이다).

* 오노레 드 발자크의 『잃어버린 환상』과 그 속편 격인 『화류계 여성들의 영광과 비참*Splendeurs et misères des courtisanes*』의 주인공. (옮긴이)

『메리 포핀스Mary Poppins』에 나오는 마법의 주문 "수퍼캘리프래질리스틱익스피알리도셔스Supercalifragilisticexpialidocious(환상적인매우훌륭한아주좋은)"를 철자법에 맞게 쓰기와 "피아노 파니에"를 열 번 연속 발음하기.

아무런 감정의 동요 없이 (깁스도 하고서) 마리옹 바라보기.

두 번 이상 반복 작업하기.

일화 1 　　　　　　　　　　　다리: 어떤 실패

가을이었다. 한 여자가 다리에서 뛰어내리려 하고 있었다. 마을의 달동네, 햇살이 잘금잘금 우리 집 안으로 들어오고 있었다. 그들은 식탁에 둘러앉아 미지근한 요리, 열 번쯤 다시 데운 기름 둥둥 뜬 수프를 마주했다. 나는 그들이 이미 표면에 떠 있는 섬유질, 당근이나 감자 부스러기 속에서 귀하디귀한 고기 맛을 구분해 내려는 듯이 눈을 가늘게 뜨고 접시와 입술까지 싹싹 핥는 모습을 상상한다. 그들은 차례차례로 발끝이나 매몰찬 말로 식탁 아래서 낑낑대는 개를 밀어낸다. 귀여움받지 못하는 그 개는 젖은 눈을 하고 발을 꼬고 있다. 저마다 마음속으로 불평의 필요, 그들이 보내야 하는 시간의 명백한 슬픔 아닌 다른 것을 생각하고 상상할 필요를 철학하느라 여념이 없다. 그러다가 여느 저녁처럼 의자들이 밀려나고 접시 쌓이는 시끄러운 소리가 일어난 후, 애정에 목마른 아이 몇몇이 얼근히 취한 에마의 발치에 둘러앉는다. 정답게 쓰다듬어 주는 것만큼 따귀도 거침없이 날리는 에마는 다리의 정맥류를 주무르거나 바보 같은 소리를 주절거린다. 우리 집에 이름이 있었다면, 바다에 도전하듯 해변에 우뚝한 부잣집들처럼 우리 집도 터무니없이 섬세한 금속 문자로 이름을 내건다면, '라 모리봉드La Moribonde(빈사의 집)'가 아니었을까. 그렇게 불러도 아무도 개의치 않았을 것이다. 어쨌든 나는 그랬다.

나는 저녁 식사 전에 어디 간다는 말도 없이 퉁명스럽게 외투를 걸치고 문소리조차 나지 않게 밖으로 나왔다. 그날은 정말로 할 일이 있었다. 거리에 울리는 나의 발소리가 그들의 존재의 메아리를 차츰 대체했다. 나의 두 다리가 가위가 되어 마지막 남은 그들의 추억마저 힘겹게 싹둑싹둑 자르는 것 같았다. 추워서 귀가 떨어져 나갈 것 같았고 코가 얼얼했다. 나는 아무렇게나 침을 뱉었지만 그건 가래가 올라와서라기보다는 내가 느끼는 혐오감의 표시였다. 5분 후면 나는 다리를 건너고 있을 것이고, 그다음은 숲으로 들어갈 것이고, 거기서 해야만 하는 일을 할 터였다.

나는 아무 말도 남기지 않았다. 변명해 봤자 무슨 소용 있겠는가. 에마는 꾸려야 할 살림이 있었고 밑 빠진 구멍은 점점 커질 터였다. 말을 남기면 실행이 느려진다. 남겨 놓은 말이 매듭을 만들어 버려 일정 시간이 지나면 내가 밧줄의 매듭인지 아니면 목 졸려 죽어 가는 사람인지 구분할 수 없게 된다. 나를 기다리고 있던 밤에, 손에 묻은 피는 삶에 도움이 되지 않을 게 보듯 뻔했다. 그리고 나는 길을 가다가 뭔가 찾을 거라고, 나의 수치 말고 곱씹을 무엇인가를 발견할 거라고 생각하지 않았을까? 노인의 내장처럼 텅텅 비어 가는 거리의 풍경에 사로잡혀 — 나 같은 기질의 인간들은 망각에 일가견이 있으므로 — 싹 다 잊어버릴 거라고 말이다. 마지막까지 남아서 조금 더 살겠다고 아등바등하는 이들이 서로 스쳐 지나며 고개를 숙이고 진열창에 비치는 자기 모습을 피하고 있었다. 그들은 태어날 때부터 화가 나 있었던 것처럼, 기쁨과 돈과 그에 필적하는 나머지 모든 것을 약탈당했다고 믿는 것처럼 보이지도 않는 상놈에게 욕을 해 댔다. 사랑이고 나발이고, 자기 자신과 타인에 대한 존중은 개뿔, 모든 것과 아무것도 아닌 것조차 그들의 구미를 동하게 할 수는 없는 것 같았다.

그날 저녁, 나는 걸레가 오래된 마룻바닥에 더러움을 펼쳐 놓은 것처럼 사람들이 포석 위를 어슬렁거리는 광경을 보았다. 다들 뒷걸음질하듯, 방황하느라 길에 버린 시간에 떠밀려 집으로 돌아가고 있었다. 나에게는 그 힘, 아니면 적어도 그 힘의 비밀이 있었다. 그 힘의 화려한 위용을 믿었고, 손가락만 까딱하면 그 힘이 인간들의 머리 위로 또렷이 드러나게 할 수 있을 줄 알았다. 그러다 후에는 그 힘을 잃었다. 그건 결국 바람, 헛소리에 불과했다. 혹은 아이가 아직 가지고 놀아 보지도 못한 장난감 빼앗기듯 누가 내게서 그 힘을 앗아 갔다고나 할까. 그 후로는 점점 더 커지고 점점 더 큰 자리를 차지하는 구멍을 둘러보는 일밖에 남지 않았다. 남은 생이라는 이름의 구멍 말이다. 하소연이 아니다. 내게 일어난 모든 일, 심지어 내게 일어나지 않은 모든 일은 내 책임이다. 나는 자부심 있는 노예로서 버티는 수밖에 없었다. 실패의 프로로서, 꿋꿋하게.

그날 저녁, 말하자면 나는 화살이었다. 화살의 진동이었다. 철학 수업은 필요 없다, 제논의 역설, 그 고대의 우화는 나도 알고 있으니까. 초등학교 선생님이 우리 고장의 위대한 인물을 얘기하듯 매년 초에 되풀이하는 얘기였다. 하지만 그거 아는가? 아무 철학자라도 마음이 내키면 나의 비행을 무한히 많은 분절로 쪼개며 즐거워할 수 있으리라. 나는 내가 표적에 다다르리라는 것을 안다. 그건 의지의 문제, 좀 더 정확히는 의지의 붕괴 문제다. 내가 하려는 일은 나 아닌 다른 이, 모로 영감이 결정한 일이니까. 나의 의지는 그에게 저당 잡힌 거와 다름없다. 나는 속지 않는다. 나는 그의 개가 됨으로써, 책에서 하는 말마따나 내 정신적 존재를 온전히 내걸었다. 어쩌면 나는 거절할 수도 있었으리라. "딴 데 가서 알아보세요, 뤼시앵이나 토니오에게 얘기하시라고요"라고 속삭일 수도 있었으리라. 그렇다, 그렇게 대답하고 영감이 우리 가족을 도끼로 학살하도록 내버려두는 건 쉬운 일이었다. 나에게 자유의지는 원하는 곳에 내려앉는 새라고, 바람의 친구라고 말하지 말라. 왜, 그럴 바에는 아예 자유의지가 신과 조제프 영감의 멜빵이라고 하지. 새는 발을 자르고, 눈을 파내고, 부리를 납으로 봉인하면 추락한다. 그게 다다. 나는 추락하고, 여러분도 추락한다. 패배를 인정하면 그때부터는 볼썽사납다. 이미 걸레로 밀어 버려야 할 것이 되어 있다고나 할까. 그러한 까닭으로 그날 저녁, 그 정확하고 부담스러운 시각에, 나는 언짢음의 보루堡壘에 지나지 않았다. 나는 검은 횃불이었다. 침을 퉤 뱉고 비열함을 줄줄 흘리며 가는 자. 나는 늘 이 '비열함'이라는 단어를 좋아했는데, 오늘 그 단어가 소설 아닌 다른 곳에 존재한다는 것을 알고서 흡족했다. 나는 비열함에 낯짝이 있고 그 낯짝이 나를 향해 입을 쩍 벌린 채 몸을 숙이고 있다는 것을 알았다. 철학자 얘기로 돌아가자면, 철학자들도 언짢음에 대해서는 아무것도 할 수 없다는 것을 알아야 한다. 그들에게 조언하자면 언짢음이 그 추한 주둥이를 드러낼 때 부디 얼굴과 신체 부위를 보호하고 그들을 낳은 어머니에게 기도하기 바란다.

요컨대, 나는 다리에 다다랐을 때 그 여자가 난간을 넘어가고 있는 것을 보았다. 근처에는 아무도 없었다. 그 다리는 마을 끄트머리에 있었다. 나쁜 일을 끝내는 칼부림처럼 확실하게 마을의 맨 끝을 차지하고 있었다. 그리고 그 너머, 이름도 없는 그 다리 너머로는 아무래도 좋은 것들밖에 없었다. 거리도 없고, 마을도 없고, 뼛조각과 깃털과 그 밖의 모든 운 없는 것으로 뒤덮인 날카로운 돌멩이투성이 오솔길뿐이었다. 그리고 그 오솔길은 급격하게, 좀 심하다 싶게 내리막으로 치달아 탐욕스러운 숲으로 들어간다. 아무도 가고 싶은 마음이 없고 목숨 걸고 들어갈 용기는 더욱더 없는 그곳, 하지만 나는 그곳으로 가야만 했다.

5
실패의 첫 번째 초상: 카프카(그리고 벤야민)

프란츠 카프카가 실패의 귀재, 그르치기의 흑태자라는 사실에는 이견의 여지가 없다. 작품을 계속 써 나간다는 것이 그에게는 늘 위태롭고 불가능하며 금지된 일처럼 보인다. 물론 그에게는 핑계가 있다. 가족, 직장, 약혼녀, 전쟁 등등. 카프카는 편지와 일기에서 사방팔방으로 이 핑계들을 들먹인다. 모든 것이 그의 침묵 주위에서 소란을 피우고, 모든 것이 합력하여 은밀한 구덩이에 처박힌 그를 방해한다. 언뜻 봐서는 현실 원칙이 그를 방해만 했던 것처럼 생각할 수도 있을 것이다. 그가 유일하게 마음 쓴 일은 하루에서 몇 시간이라도 빼내어 너무나 인간적인 세상의 성가신 소음을 멀리하는 것이었다고 생각할지도 모르겠다. 카프카가 다수의 회랑이 서로 연결된 굴, 쾌적하지는 못해도 숨은 쉴 수 있는 굴에 처박혀 살기를 꿈꾸었다는 식으로 말이다. 하지만 중요한 것은 외부 세계가 완성을 방해하지는 않았다는 사실이다. 글을 쓰는 사람이라면 누구나, 거의 모두가 타인과의 소통과 밥벌이라는 제약, 다시 말해 어찌할 수 없는 일상과 타협해야 한다. 사회적 맥락을 변명 삼아 글쓰기의 어려움을 호소하는 것은 오래 먹히지 않는다. 작가란 당연히 글쓰기에 전념하는 사람이지만 하루 평균 두 시간 이상을 집필에 매달리기는 힘들다. 물론 그 나머지 시간에도 글쓰기에 사유의 힘을 바치지만 말이다. 아니다, 카프카가 도끼로 가르고자 했던 저 유명한 자기 안의 얼어붙은 바다는 '있는 그대로의 세상'이 얼려 놓은 게 아니다. 적敵은 그가 생기와 활력을 불어넣고 질서를 부여하며 조화롭게 편성하고자 했던 소재 자체와 다르지 않았다(알다시피, 카프카에게서는 모든 모티브가 서로 조화를 이루어야 한다). 카프카는 승부를 포기하지 않았다. 전체가 카프카를 포기하고 실패한 것이다. 카프카의 경우, 영감이 밀물처럼 들어오는 기간이 다소간 길어지면 창조적 힘이 썰물처럼 빠져나간다. 흥분은 실망을 생산한다. 마치 『잃어버린 시간을 찾아서』의 화자가 정서적인 면에 큰돈을 걸지만, 일단 시간의 수레바퀴가 돌고 나면 감정의 판돈을 온전히 되찾지 못하는 것과 비슷하다고 할까.

카프카의 전기 작가 라이너 슈타흐는 그의 생애와 작품에 대하여 비견할 데 없는 분석을 남겼다. 카프카적 실패의 양상을 이해하기 위해 이 분석을 활용할 수 있다. 슈타흐는 이 분석*에서 특히 카프카의 소설들이 겪어야 했던 미완성은 소설 자체에 내재하는 결핍 때문이라기보다는 "상상의 저장고에 다 담기지 못한 잉여의 피로, '각색하여' 사용할 수 있는 요소들의 희박화"에서 기인한다고 보았다.

이게 무슨 뜻인가? 영감의 약동과 집필을 지속해야 한다는 의무 사이에 모종의 간극이 있었을 것이다. 카프카의 경우, 영감은 거룩한 변모의 밤에 거의 발작처럼 일어나곤 했다. 반면, 작품을 통달하고 꼼꼼한 보수 작업을 무한히 진행하면서도 완성을 보려면 매듭은 반드시 지어야 했다. 카프카는 훌쩍 도약했다가 뚝 떨어진다. 그는 선별하고 균형을 맞추는 수고로운 작업에서는 확 날아오르는 황홀한 기쁨을 발견하지 못했다. 기운 빠지는 노동보다 당장 만족감 있는 고양을 선호해서가 아니라, 진행 중인 작품의 흐

* Reiner Stach, *Kafka*, Le Temps des decisions, trad. Regis Quatresous, Le cherche midi, 2023.

름이 그에게는 태양의 포물선 운동이 일시적으로만 마음을 사로잡는 '백야'처럼 느껴졌기 때문이다.

바로 여기서 카프카가 실패를 추구했다든가, 적어도 자신의 법칙을 따르면서 작품 완성에 더 힘을 쓸 수는 없었을 것이라는 추론이 나온다. 그렇지만 라이너 슈타흐는 한 걸음만 더 나가면 되는 이 추론을 스스로 허락하지 않았다.

> 또 다른 신화는 (…) 카프카가 전반적으로 실패를, 좀 더 특별하게는 자기 소설의 단편적 성격을 자신의 미학적 지향을 나타내고 자기 자신까지도 표현하기에 가장 적절한 수단으로 여겼다는 것이다. 실은 그 반대로, (…) 그는 '선천적 종결'을 원했다.

그리고 카프카는 이 "선천적 종결"에 도달하기에 실패했기에 대부분의 원고를 미완성 상태로 두는 편을 택했다. 그는 자신의 글을 끊임없이 다시 쓰거나 아예 포기했다. 이 부분에 대해서도 슈타흐는 매혹적인 가설을 제시한다.

> 작가가 작중인물의 실패를 재현하게끔 이끄는 어떤 비밀스러

운 법칙을 (…) 상상할 수는 없을까?

그러나 이 매혹적인 가설은 슈타흐가 보기에도 무리가 있었다. "실패를 이야기하는 소설이 반드시 실패하라는 법은 없다"는 단순한 사실만 봐도 그렇다. 그 점은 베케트를 읽기만 해도 확실히 알 수 있다. "기술적 노력"에서 비롯된 마비가 창작의 마법적 순간을 무너뜨린다. 완벽에 도달하지 못한다면 — 완벽은 불가능하다는 것을 알지만 — 멈추고 손을 놓는 것이다. 카프카의 경우, 작품에서 손을 놓아버린다는 것은 비극적 차원을 띤다. 자신이 쓴 글을 불에 던진다는 뜻이니까. (막스 브로트에게 감사할 일이다. 브로트는 자신의 벗 카프카가 '불'이라고 불렀던 것이 사실은 '후세'라는 점을 이해했다.)

"버려도 되는 글"이라고 카프카는 말했다. "이것을 진흙에서 끄집어내기 위해서는 내 힘이 아니라 전혀 다른 힘이 필요하다"고 몇 번이나 거듭 말했다. "악마는 계속함에 있다." 그는 덧붙인다. 아니, 이 마지막 문장은 프란츠 카프카가 아니라 폴 발레리다. 카프카는 악마를 원망하지 않는다.

그렇지만 카프카의 작품은 미완으로 얼룩지고 결함에 침식당하고 파편적으로 흩어진 채로도 그 필사적이고도 견실한 노래로 감동을 준다. 그 노래는 글쓰기를 불가능한 구원을 연결하는 것만큼 확실하게 실패를 삶과 연결한다. 다른 작가들이 보잘것없는 성공에 만족할 법한 지점에서 카프카는 멋지게 실패해 낸다.

카프카와 관련하여 실패를 말한다는 것이 기가 찰 수도 있다. 카프카가 누구인가. 세계 문학의 구석구석까지 그의 작품의 신경이 분포되어 있지 않은가. 하지만 여러분은 이게 어떤 종류의 실패인지 이해하기 시작했을 것이다. 이 실패는 창조의 조건이다. 카프카는 실패에 저항하여 글을 쓴 게 아니라 실패와 더불어 썼다. 카프카의 주요한 일은 뒤로 미룬다는 의미의 '지연'이었다고 할 수 있을 것이다. 지연은, 예를 들자면, 『심판*Der Prozess*』을 흥미진진하게 하는 "무기한 유예"라는 과정을 통해 나타나지만, 카프카가 가족관계, 연애, 직장 생활에서 보였던 전반적 태도도 지연을 뒷받침한다. 지연은 심판/과정의 지속을 보장하는 동시에 종결을 늦추거나/방해한다. 끝을 낸다는 것, 이 마법적 작업의 비밀은 오직 생生만이 쥐고 있다.

카프카가 생전에 작품을 발표하기를 포기하고 사후 출간도 막으려 했던 이유를 오해하는 이들이 더러 있다. 우울증적인 태도와 비슷해 보일 수도 있는 이 결정에 익명성이나 소멸에 대한 욕망은 없었다. 발터 벤야민은 그 점을 정확히 간파하고 1929년에 발표한 글 「기사도」*에서 명쾌하게 표현했다.

> 작가가 작품의 출간을 조심스러워하는 이유는 작품이 완성되지 않았다는 확신에서 오는 것이지, 비밀리에 간직하려는 의도 따위는 없다.

그 확신이 불완전성에 대한 불안을 막아 주는 방벽이었거나, 미완성 자체가 불완전성의 위협에 대한 답, 나아가 반격이었을 가능성은 농후하다. 카프카가 끝내기를 원치 않았는가, 작품이 작가가 끝을 내지 못하게 막았는가? 그가 처벌은 필수, 과오는 선택인 우주를 설계했기에 우리는 다음과 같이 추론할 수 있다. 작품은 부과된 형벌과 한데 뒤섞이고 끝은 무한정 미뤄진다. 작품의 끝 자체가 죄

* Walter Benjamin, *Sur Kafka*, traduit de l'allemand, edité et presenté par Christophe David et Alexandra Richter, NOUS, 2015.

의 계시에 해당하기 때문이다. 또 다른 추론은 아마도 카프카의 눈에는 오직 죽음만이 자기 작품에 종지부를, 아니 종지부의 그림자 혹은 희화화를 부여할 만한 정당성을 지니고 있다는 것이 명백했으리라는 것이다. 여기서 끝을 지연시킨다는 것은, 대타자Autre의 소관, 즉 사후의 법칙에 작품을 맡긴다는 것이다. 그 법칙은 막스 브로트라는 사공으로 구현되고 죽음이 공포한다.

여기서도 발터 벤야민은, 우리가 살펴보아야 할 일종의 모세관 효과를 통해, 작품 속에서 불안하고도 익숙한 늑장 부리기를 통하여 작업이 진행된다는 것을 제대로 간파했다.

> 브로트가 카프카의 완벽성과 올바른 길에 대한 추구로 보았던 이상하고 곧잘 충격적인 디테일 취향의 진정한 의미는 지연하기에 있다. (…) 그런데 카프카의 경우, 이 끝의 부재가 진정으로 달래 준 것은 끝에 대한 두려움이었다. 디테일 취향은 소설의 일화를 더욱 풍부하게 만들기 위함이 아니었다. 소설은 그 자체로 충분하다. 그런데 카프카의 책들은 결코 그 자체로 충분하지 않다. 그 책들에는 자기들이 결코 출산에 이르지

는 못할 어떤 도덕성을 담지하는 이야기들이 있다.

이 마지막 문장은 불안한 울림을 남긴다. 텍스트의 끝 — 요컨대, 죽음? — 은 텍스트 자체 안에서 잉태된 위협으로 설계되었기에 두려울 수밖에 없고, 책은 그 치명적인 출산을 늦추는 것 외에는 다른 방도가 없다. 우리는 여기서 석태아石胎児, 즉 태내에서 사망했지만 밖으로 배출되지 못한 채 화석화된 — 수십 년간 자궁 안에 남을 수도 있는 — 태아를 연상하지 않을 수 없다. 하지만 카프카의 경우, 추방expulsion은 이미 이루어졌다. 인간이 추방당한 곳이 세상이라는 사실보다 끔찍한 것은 없다. 난파하기도 전에 좌초되기, 이것이 전형적인 카프카적 운명이다.

아마 그래서 발터 벤야민은 이 무서운 문장을 쓰게 되었을 것이다. 1938년에 게르숌 숄렘에게 쓴 편지를 보자.

> 카프카라는 인물의 순수성과 독특한 아름다움을 제대로 평가하기 위해 절대로 시야에서 놓쳐서는 안 될 점이 있다. 그는 실패한 사람이었다. 이 실패의 정황들은 다양했다. 이렇게 말하고 싶다. 그는 일단 최종적 실패를 확신하고서 그 여정에서

무엇을 하든 마치 꿈결처럼 성공했다고. 카프카가 자신의 실패를 강조했던 그 열의만큼 깊이 생각할 거리를 던져 주는 것은 없다.

이야기를 무한히 펼쳐 나갈 수도 있을까? 실패와 성공을 꿈의 징조들로 한데 뒤섞는 이 문단에서 벤야민을 카프카와 연결하는 것에 주목하고 이런 질문을 던져 본다면 더욱 흥미로울 것이다. 실패는 전염되는가? 이 질문은 터무니없어 보이지만, 그르치기의 기술에 대한 우리의 연구가 완전히 실패하지 않도록 도와줄 것이다.

이렇게 제기된 질문은 수사학적 수준에 머물 가능성이 있다. 벤야민의 작품에 비추어 질문의 표현을 이렇게 바꾸는 것이 적절하리라. 모종의 실패 공동체가 존재할까? 그래서 어떤 작가들은 작품의 미완성을 정당화하려는 목적 하나로 특정 작품에 끌리게 되는 걸까?

벤야민이 그렇게까지 카프카에게 매료되어 이 작가의 아름다움과 독특함을 그가 실패에 부여한 열의로 정의했던 이유는 자기 내면에서, 아니 자기 작품의 내면에서 거부할 수 없는 미완성의 호소를 감지했기 때문이 아닐까?

파편성의 세이렌이 부르는 노래를 들었기 때문이 아닐까?

벤야민은 무엇보다 '프로젝트projet'의 인간이었다. 그는 길을 만들어 가면서 그 길에 다른 작품들, 기존의 작품들(프루스트, 보들레르, 카프카, 파리의 파사주 등)을 계속 투사하고projeter 그 작품들의 그림자를 물리치거나 펼치려고 했다(어린 시절의 프루스트가 마술 환등기로 그랬던 것처럼?). 하지만 매번, 마치 십자가의 길에서 각 처에 멈춰 서듯, 벤야민은 멈칫거렸다. 그는 프루스트 번역과 해설에 뛰어들었지만 『잃어버린 시간을 찾아서』의 저자와 동고동락하다가 자신에게 "중독 현상"이 일어날지도 모른다는 두려움 때문에 이 프로젝트를 포기했다. 하지만 그 작업을 그만둠으로써 — 요컨대, 실패함으로써 — 자신의 아주 내밀한 텍스트 중 하나인 『베를린의 어린 시절*Berliner Kindheit um neunzehnhundert*』을 쓰게 되었다. 프루스트의 방대한 프로젝트에 대하여 벤야민은 앵티미스트의 당초무늬 장식을 만드는 것으로 화답했다. 웅장한 대성당에 맞서서 기억의 성궤聖櫃들을 내놓은 것이다. 그 후에는 19세기 파리에 대한 기념비적 저작에 착수했다. 그는 소실된 벽화를 재건하기 위해 모자이크 조각을 모아들이듯 파리 국립도서관에서 마지막 남은 힘까지 짜내어 가며 인용문을 산더미같이 수집했다. 하지만 금세 그 안에 보들레르에 대한 성찰이 끼어들었고, 그러다 보니 그 거대한 비평의 판옵티크를 작업하기는 불가능해졌다. 중요한 것은 흔히 『아케이드 프로젝트 *Das Passagen-Werk*』 혹은 그냥 '파사주'라고 부르는 그 책의 형태가 계속 변해 왔다는 것이다. 벤야민이 마르크스주의 텍스트들을 거치고 난 후에는 특히 그 변화가 너무 커서 결말이 날 수 없기에 이르렀다. 프로젝트의 진행 과정에서 모자이크 조각들이 원래 생각했던 벽화를 대체해 버린 것이다. 그것도 어쩔 수 없이 그랬다기보다는 원래의 벽화를 밀어내고 그 자리를 차지했거나, 적어도 벽화의 조각난 등가물이 되었다.

요약해 보자. 벤야민은 죽음의 침상에서도 글쓰기를 중단하지 않았던 프루스트에 대한 글쓰기를 중단하고 자신의 독자적인 '잃어버린 시간을 찾아서'를 — 파편적 형태로 — 내놓았다. 벤야민은 당시 사라져 가던 파리의 파사주에 대한 글쓰기를 중단하고 보들레르로 넘어갔다. 마지막 책(『가엾은 벨기에 *Pauvre Belgique*』)을 완성하지 못하고 실어증에 빠진 보들레르가 그를 사로잡았던 것이다. 그러다가 벤야민은 보들레르에 대한 글쓰기도 중단하고 역사의 개념에 대한 미완성 논문 원고만 소지한 채 스페인 국경을 넘으려 했다. 검은색 서류 가방에 들어 있던 그 원고는 — 벤야민이 자살한 후 — 아무도 찾지 않아 보관 기간이 만료된 후 파기되었다. 벤야민은 죽기 며칠 전에 아도르노에게 쓴 편지에서 이렇게 말한다.

> 출구 없는 상황에 놓인 나로서는 끝을 내는 것밖에 선택지가 없습니다.

벤야민은 '다른 곳에' 정착하는 데 필요한 모든 비자를 취득했다. 부족한 것은 영토 밖으로 벗어나기 위한 허가뿐이었다. 우리는 이 갈등, 이 행정적 이중 구속double bind에서 작가의 순교를 우의적으로 읽어 낸다. 이동은 자유이지만 떠나는 것은 금지된 자. Anywhere out of the world(이 세상 밖이라면 어디라도).* 벤야민의 전기를 쓴 프랑스 작가 브뤼노 타켈**은 발터 벤야민의 죽음보다 더 카프카적인 생의 끝

* 샤를 보들레르의 산문시 제목. 영국 시인 토머스 후드의 시구를 빌려온 제목으로, 원래 영어로 되어 있다. 보들레르는 이 시를 프랑스어로 직접 번역한 바 있다. (옮긴이)

** Bruno Tackels, *Walter Benjamin, Une vie dans les textes*, Actes Sud, 2009.

을 생각하기는 어렵다고 했다. 그 지적은 백 번 옳다.

프란츠 K., 발터 B.

지연은 하데스의 문으로만 안내할 것이다.

막간 5 (세이 쇼나곤 방식) 나의 실패 목록 (2)

나의 반려견 오닉스를 단순한 개canis lupus familiaris* 로 여기기.

제품 포장을 뜯으면서 열에 아홉 번은 이지컷easy-cut 발명한 사람을 욕하지 않기.

여행 계획을 세우면서 집에서 신는 슬리퍼를 일찌감치 그리운 듯 만지작거리지 않기.

누군지도 모를 사내들 틈에서 샤워한 후 남자 탈의실

* 동물 '개'의 라틴어 학명. (옮긴이)

에서 느긋하게 미적대지 않기(하지만 유망한 센터포워드 경력은 진즉에 포기했는데 내가 남자 탈의실에 갈 일이 있을까?).

번역 원고를 계약서에 명시된 마감 날짜에 넘기지 않기. 이게 다 과제를 이틀 늦게 제출했다가 된통 혼난 어린 시절의 트라우마 때문이다. 이상하기도 해라, 우리의 성실함이 처벌에 대한 두려움의 결과일 때가 얼마나 많은지.

자기기만의 강력한 유혹에 저항하기.

나한테 무슨 문제가 일어나고 있는지 이해하기.

집회에 참석하기(하지만 그런 일은 결코 일어나지 않는다).

만약 내가 다른 인생을 살아왔다면, 단지 만약 그랬다면 어땠을까 상상하기.

수영장 옆에서 초연하게 아르토 읽기. 물 없는 수영장이라도 말이다.

무엇이든 상관없으니까 — 내 혀는 말할 것도 없고 — 일곱 번 이상 접기.

'반면에'라고 말해야 하는데 '반대로'라고 말하는 사람 지적하지 않기.

책 귀를 접거나, 맹인을 치거나, 크리스티앙 보뱅의 책을 사는 지경까지 나를 놓아 버리기.

우리 집 밑에서 작가 베르나르 콜랭을 우연히 만났는데, 그가 방금 쓴 글을 읽어 줬던 일을 잊어버리기.

"지혜로운 이는 급할 때 앉는다"라는 문장을 써먹을 수 있을 때마다 써먹고, 워런 머피와 리처드 사피어의 『더 디스트로이어 *The Destroyer*』 연작(프랑스판은 제라르 드 빌리에가 편집했다) 중 한 권에서 봤다는 말까지 덧붙이지 않기.

프랜시스 포드 코폴라 감독의 〈페기 수 결혼하다〉에서 캐슬린 터너가 실신했다가 25년 전으로 깨어나서 돌아가신 할머니에게 전화 거는 장면에서 눈물 참기(사는 게 참 별

것 아니다).

후회하기.

마리옹에게 거절하기.

일기 예보 믿기. 상식과, 마법에 해당하는 것들에 대한 본능적 욕구와, 여러분에게 장담하는 자들에 대한 쓸데없는 호의에도 불구하고.

체리파이라고 부르기에 부끄럽지 않은 체리파이 굽기(매번 체리가 바닥으로 가라앉는다. 마치 시답잖은 실화를 바탕으로 소설을 쓰려 할 때 애초의 좋은 의도가 바닥으로 가라앉듯이).

미국 문학에 지속적인 관심 갖기. 계획된 노후화는 전자 제품만이 아니라 열중과 심취에도 해당되는 것 같다.

아버지를 우리가 마지막으로 만났을 때의 모습(혹은 나 혼자 엘리베이터를 탔을 때 엘리베이터 거울 속에서 본 모습) 아닌 다른 모습으로 생각하기.

열 손가락 다 써서 자판 두드리기(하지만 그렇게까지 필요하진 않다고 본다).

동심원을 그리는 것 말고 다른 방법으로 수영하기.

6
마멋 소년단의 모호한 춤

한 권의 책을 좌초시키는échouer 방법에는 여러 가지가 있다. 나는 여기서 이 동사를 의도적으로 타동사 형태로 썼다. 오래된 자동차의 조직적인 아수라장에서 바로 튀어나온 듯한 'rater(불발하다, 놓치다)' 같은 동사보다는 비록 낡기는 했어도, 이 동사가 우리의 성찰에 도움이 될 것 같아서다.

첫 번째 방법은 기권이다. I would prefer not to(안 하고 싶습니다). 더 큰 실패의 위험을 감수하느니 차라리 글을 쓰지 않는 편을 택한다. 내 안의 책이 싹트고 성장하고 움츠러들고 내게 들러붙어 떠나지 않는다. 하지만 내가 행동으로 옮기는 것을 방해하는 뭔가가 있다. 이 책이 내 능력 밖이라고 짐작해서인가? 그 가능성을 펼쳐 보이는 것이 헛된 일 같아서인가? 이 두 질문이 기권하는 자의 머릿속에서는 하나다. 나의 실패하는 능력은 미래의 책에 이미 기록된 것과 마찬가지고, 따라서 이 책은 세상에 태어나지 못한다. 하지만 '구상 중인' 책은 쓰지 않았기 때문에 실패로부터 보호받고 더욱 순수한 위상에 도달할 가능성이 있다. 꿈만 꾼 책은 추억이 된다. 추억의 그림자가 된다. 이 책은 살아 보지 않았기 때문에 죽음과 부패를 면했다. 하나의 제목으로 축소된 책은 어떻게 받아들여질까라는 불안 없이 군림할 수 있다. 이 책이 남길 수 있는 것은 기껏해야 구상의 초안, 어수선하게 흩어져 있는 메모들, 나아가 어떤 단락의 흔적뿐이다. 이 책의 존재는 진실 여부에 얽매이지 않기에, 진실의 작업과 관련된 좌절의 암초에 걸릴 일도 없다. 그것은 유령 책이고, 그렇기 때문에 그것에 흰 시트를 덮고 사슬까지 채웠던 이의 작품 속에 유령처럼 출몰할 권리가 있다. 그는 이 책을 암시적으로만 언급하기 때문에 이 책에 대해 들어본 사람들의 마음속에 의심이 파고들고야 만다. 이 책은 전설적인 것이 될 수 있다. 부재하는 책이, 그것이 차지하는 공백을 통하여 기묘한 현실성을 띠게 되는 것이다. 세월이 흐르면서, 보이지 않는 페이지들이 제목밖에 남지 않은 계획에 천천히 살을 붙여 주기라도 하듯이.

어떤 작가들은 '기권한 책'의 귀재들이다. 한 사람만 이름을 들자면 페르난두 페소아, 이 작가에 대해서는 뒤에서 또 살펴볼 것이다. 사실 페소아는 수많은 이명異名으로 자신을 뒤덮었을 뿐 아니라 그 이름들에 태어나지도 않은 작품의 저자 자격까지 부여했다. 마치 제목을 짓는 것이 장차 나올 작품의 기약에 그치지 않고 어떤 작가가 존재한다는 망상을 구현하는 데 이바지한다는 듯이 말이다. 여기에는 이유가 있다. 작가의 비틀린 논리, 말하자면 '거꾸로 à rebours' 가는 논리 안에서 제목은 자기 나름대로 일을 할 뿐 아니라 작가의 발전에 토대 역할을 한다. 책 아닌 것을 '명명'하기만 하면 작가의 저서 목록에서 훨씬 완성에 근접한 것들과 동등한 자격으로 한 자리를 차지하기에 충분하다. 그래서 우리는 이렇게 말할 수 있다. 나는 계획한 책을 쓰기를 스스로 금지하였으므로 아무런 실패도 하지 않았다. 뭐, 언젠가는 쓸 수 있을지도? 사람 일은 모르는 거니까. 이렇게까지 벌거벗은 책은 기적이 되고야 만다. 실패한 인생의 표시이면서도 보류 중인 전설의 약속이라는 기적 말이다. 쓰지 않은 책은 소문이 되고, 해를 가리는 달이 된다. 흡사 전설의 섬 아틀란티스 같은 이 책들에 대하여 작가 리옹 스프래그 드 캠프는 '허위도서pseudobiblia'라는 학명을 붙여 주었다. 허위도서란,

> 결코 쓰여진 적 없고 제목의 형태로만, 경우에 따라서는 약간의 발췌문과 함께, 허구나 가상 사실 작품 속에 존재하는 책이다.*

허구는 기꺼이 현실을 능가한다. 그리하여, 때로 이런 신화적인 책들은 환상이 그것들을 맡겨 놓은, 보이지 않는 도서관에서 빠져나오기도 한다. 가장 유명한 예는 『네크로노미콘』이다. 1921년에 러브크래프트는 이 책을 압둘 알하지레드라는 아랍인이 쓴 것으로 상정했다. 그러나 진짜는 잭 챌커라는 미국인이 썼고, 1967년에야 출간되었다 (고백하자면, 내가 제일 좋아하는 허위도서는 『데이곤*Dagon*』의 저자가 상상한 오컬트 경전이 아니라 『주니어 우드척스 가이드북*Junior Woodchucks Guidebook*』이다. 1954년에 디즈니의 도널드 덕

* Lyon Sprague de Camp, 《The Unwritten Classics》, article paru en 1947 dans la revue *The Saturday Review of Literature*.

시리즈 중 '트랄랄라'라는 에피소드에 처음 등장한 이 스카우트 교본은 1969년에야 다섯 명의 이탈리아 작가에 의해 집필 및 출간되었다. 그리하여 존재하지 않던 『주니어 우드척스 가이드북』은 기적처럼 『마멋 소년단 교본*Manuele delle Giovani Marmotte*』으로 실현되었다. 책은 늘 쓰이고야 만다는 증거인가, 마멋의 이름으로!).

책을 좌초시키는 두 번째 방법은 체념이다. 작가는 여러 이유로 프로젝트를 끝낸다. 그는 더 이상 나아가지 못할 것이다. 생산 주기를 맞추지 못하는 기계를 작동 중지시키듯이, 더 나아갈 수 없어서다. 이 포기는 — 종종 급작스럽고 더러는 계속 써 보려는 힘겨운 노력 후에 반복되곤 하는 — 실패를 의식했기에 내놓은 답이다. 나는 부딪쳤고 그래서 손을 놓았다. 나는 실패했다. 책은 실패했다. 작동 이상이 여러 차례 있었었고, 그다음엔 엔진이 정지했다. 저자는 낙오되었다. 대부분의 경우, 무능의 인정은 파괴라는 최종적 행동으로 이어진다. 작가는 버리고, 찢고, 태운다. 사실 작품이 완성되고 말고는 중요하지 않다. 원고를 태우는 불은 초고와 최종고를 구분하지 않는다. 스트린드베리는 그런 식으로 '피 묻은 손'이라는 제목의 4막짜리 희곡을 파괴했다. 어쩌면 사실일지도 모르고, 당연히 상상일 수도 있는 이야기다.

여기서 일어나는 작용은 매우 복잡하다. 사람들은 작가가 이런저런 장애물을 극복하고 작품의 완성도를 끌어올리는 데 실패했다고 생각하지만, 작가는 이 작품을 계속 쓰는 것이야말로 실패라고 생각한다. 실패는 야누스다. 실패의 두 얼굴은 각기 다른 방향을 바라보고 있다. 우리 중에서 작업하던 원고를 파기하거나 중단해 보지 않은 자가 과연 있는가? 1995년 벽난로에 피웠던 불을 기억한다, 그때까지 썼던 거의 모든 글을 땔감 삼아 타닥타닥 타오르던 불을. 그때 나의 거실은 춥지도 않았건만. 내가 그 추억에서 끌어낼 수 있는 결론은 하나뿐이다. 때로는 다시는 되돌릴 수 없는 것이 끈기보다 매력적이다. 그리고 또 하나, 주기적으로 벽난로를 청소하는 걸 잊지 말라.

좌초의 세 번째 방법은 유기다. 작가는 작품을 유예 상태로 내버려 둔다. 완성하지 않지만 그렇다고 패배를 선언하는 것도 아니다. 그는 다른 일로 넘어간다. 페소아는 이 '유기' 부문에서도 일류 선수급으로 보인다. 그가 고통받는 다른 시들의 환영에 이끌리는 바람에 마침표를 찍지 못한 작품이 몇 편인지는 세는 것도 어렵다. 또한 이러한 유기는 내버려두기가 악착같은 열정의 일면으로 나타나기도 한다. 저자가 텍스트의 상태를 다각화하면서 미완 상태를 끄는 것이다. 그래서 마크 트웨인은 『신비한 소년 *The Mysterious Stranger*』을 20년 동안 세 버전으로 썼으면서도 완성을 보지 못했고, 톨킨은 『실마릴리온 *The Silmarillion*』을 끊임없이 다시 썼다. 이 경우들은 모두 유기와 끈기의 희한한 결합을, 혹은 무한의 마무리 작업으로 종결을 방해하는 방법을 보여 준다. 나는 내 발자국이 행여 어딘가로 인도할까 봐 자꾸 처음으로 되돌아온다.

좌초의 네 번째 방법은, 희한한 얘기지만, 글쓰기 프로젝트를 끝으로 인도하고 후세에게 심판관 역할을 맡기는 것이다. 일단 후세가 확인한 실패는 매우 특별한 차원에 속한다는 점을 확실히 짚고 가자. 어떤 책들이 출간된 직후 혹은 잠시 좋은 반응을 얻고서 세월이 지난 후에 완전히 잊히고 그 상태에 머문다는 사실은, 그 책들의 본질적 장점이나 단점에 대해서는 아무것도 말해 주지 않는다. 내 책이 잘 안 팔리면 나는 실패한 건가? 알려지지 않은 작가는 응당 그렇게 자문할 수 있다. 발자크는 “영광은 죽은 자들의 태양"이라고 말한다. 그 역시 '인간극'의 완성을 보지 못했다. 후세와 관련하여 뒤에서도 다시 한번 말하겠지만, 작가는 죽음이라는 파트너와는 그나마 덜 모호한 춤을 출 수 있다.

여기서부터 몇 페이지를 넘겨, 이상한 담뱃가게에서, 결코 덜 이상하지 않은 양치기 겸 무정부주의자 은행가를 만나기로 약속하자.* 우리를 기다리는 어떤 메시지가 있으니.

* 「담뱃가게」, 「양치기」, 「무정부주의자 은행가」는 모두 페르난두 페소아의 시 제목이다. (옮긴이)

막간 6 실패 대부족

실패는 결코 혼자 오지 않는다.

실패의 형제는 군대처럼 그 수가 많고 성질머리가 까다롭다.

그들은 방대한 부족을 이룬다. 기다란 교수대의 교활한 자들, 음모를 꾸몄다가 움츠러들고 주름을 만들고 오르는 자들. 그들의 은밀한 공모를 묘사하기에 적합한 동사를 찾기란 어렵다. 그들은 가면을 쓰거나 신경을 곤두세운 채 나아간다. 하지만 어이할거나, 가면을 써도 예민한 신경이 다 보이는 것을.

실패에 대한 두려움이 있다.

실패를 두려워함에 대한 두려움.

실패하기 쉬운 성향.

실패의 숙명(집안 내력일 때도 많다).

실패의 순전히 상대적인 비가시성.

실패의 전제들. 물론 이것들은 실패 자체와 뒤섞인다.

실패의 명백히 엉성한 계책들.

실패보다 먼저 오고 실패를 예고하는 소문들.

성공으로 위장한 실패(고전적 유형).

(실용적이지만 일시적인) 실패의 부인.

최음제와도 같은 실패. 몰락과 강렬한 희열을 한데 결합하지만 이놈의 실패는 현재 멸종 중.

실패 집착(부모의 열망에 대한 반격).

실패의 꿈, 뿔로 만들어지지도 않았고 상아로 만들어지지도 않은 문*에서.

실패 강박. 실패 강박. 실패 강박.

주문 맞춤형 실패.

예측하지 못한 실패(당연하지만).

여러 칸의 서랍으로 구성된 실패. 혹은 마트료시카형 실패라고 해도 좋고, 아코디언형 실패라고 해도 좋다.

* 『오디세이아*Odysseia*』와 『아이네이스*Aeneis*』에는 꿈의 문이 두 개가 있는데, 뿔로 만든 문은 진실을 알려 주고, 상아로 만든 문은 아무 의미도 없거나 거짓된 꿈을 꾸게 한다고 한다. (옮긴이)

우산 같은 실패. 하나의 실패가 다른 실패들을 막아 주는 것이다. 하지만 그럴 가능성이 희박하긴 하다.

절반의 실패. 또 다른 절반의 실패를 동반하는 경우가 많다. 계산하면 결국 그게 그건가.

실패의 그림자.

실패의 유혹.

실패는 다른 사람들 일이라는 생각. 그런 생각은 남몰래 히죽거리는 웃음으로 알아볼 수 있다.

실패의 불가능성. 부족 중에서 유일하게 뒷걸음질로 나아가고 가까워졌다 싶으면 멀어지는 녀석.

불가사의한 실패. 실패한 건 알겠는데, 도대체 언제 어디서 어쩌다가 무슨 이유로 실패했는지는 모르겠다는.

귀청 떨어질 것 같은 실패의 외침. 이 외침의 음역은 보이체크*의 칼에 찔린 마리가 내지르는 비명의 음역과 비슷하다.

실패 박람회, 하지만 대박은 없다.

실패 발사기.

실패의 수상쩍은 부재.

실패의 기본 구조.

실패의 새끼손가락(그 손가락이 여러분에게 경고하리라).

실패의 분위기는 케이블이 풀리면서 덜컹하고 멈춰 선 엘리베이터의 음악과 비슷하다.

실패에 대해 내가 아는 두세 가지.

실패의 책(내가 이 책의 집필에 성공하지 못하는 것은 논리

* 게오르크 뷔히너의 희곡 『보이체크*Woyzeck*』의 주인공. 가난과 억압과 소외에 시달리다가 사랑하는 여성을 살해하고 자살하는 말단 군인. (옮긴이)

적으로 당연하다).

모나리자와 체셔 고양이의 중간쯤 되는, 실패의 미소.

실패의 기상천외한 모험.

실패와의 자질구레한 타협.

척박한 환경에서 길잡이 노릇을 하는 실패.

(조건법으로만 존재하는) 피할 수도 있었을 실패.

실패의 부당이득.

실패가 남긴 얼룩. 그 얼룩을 지우겠다고 문질렀다간 더 넓게 퍼진다.

실패의 꼬리 (물뱀*, 다시 말해 우리가 감수한 모욕과 혼동

* 'avaler des couleuvres'는 단어 그대로 번역하면 '물뱀을 삼키다'이지만, '모욕을 감수하다'라는 관용어구로 쓰인다. (옮긴이)

하지 말 것).

참을 수 없는 실패의 무거움.

실패의 편파성.

실패의 왜곡된 시각.

실패의 뼈대(혹은 뼈 마법사*).

(거품 없이 존재하는) 실패의 압력.

실패의 지극히 상대적인 안도감.

(점잖게 차려입고 다가오곤 하는) 실패의 비열한 수작들.

실패의 다우존스 지수.

* 뼈 마법사le magicien d'os는 『오즈의 마법사*le magicien d'Oz*』에서 연상한 말장난이다. (옮긴이)

받아들이기 쉽지 않은 실패의 교훈.

실패의 호흡(이 경우, 좀 더 이해하기 쉬운 한 단어로 말하자면 '천식' 되겠다).

실패의 술, 그 술은 절망의 정자 아래서 들이켜는 법이다, 딸꾹!

실패의 반영들은 우리를 등쳐먹기 좋은 새가 되게 한다.

실패의 부적절한 마크롱화(길을 건너는 것은 위험하단 말이다).*

실패의 '러스트 앤드 본'** 마법.

---

* 2018년에 프랑스 대통령 에마뉘엘 마크롱이 엘리제궁 개방 행사에서 취업의 어려움을 호소하는 청년에게 "길만 건너면 일자리를 찾을 수 있다"고 대답하여 물의를 일으킨 사태를 비꼬고 있다. (옮긴이)

** 〈Rust & Bone〉. 자크 오디아르 영화감독의 2012년도 작품으로, 프랑스어 제목은 'De rouille et d'os'다. (옮긴이)

실패의 애처로운 고난.

실패의 불쾌한 엄마 행세.

보이지만 않는다면 잡히지도 않는 실패.

실패의 은밀한 매력.

더 이상 이의를 제기할 수 없는 실패의 제안들.

실패에 목을 매기 위한 밧줄.

실패의 순항 속도.

가장 단순한 형태의, 그 자체로서의 실패, 껍질을 벗고 드러나 있는, 서둘러 가 버리지 않는 것.

흘러가고, 오 놀라워라, 다시 흐르지 않는 시간의 실패.

태양은 들판의 뿌연 먼지 속으로 스러지면서 다리 위의 여자 뒤에서 부풀어 오르는 듯한 숲의 불투명한 덩어리를 마지막으로 과시했다. 그 슬픈 불들이 절망한 여자를 불타오르게, 정신에서 빠져나온 일개 몽상과 구분되지 않게 하기에는 충분했다. 나는 내가 무엇을 보고 있는지 제대로 알지도 못했다. 내 뱃속이 너무 크게 고함을 질러서 흡사 내 스웨터 안에서 고양이가 침을 뱉기라도 한 것처럼 배에 손을 얹지 않을 수 없었다. 작년 11월의 그날이 생각났다. 파리에 갔는데 거의 무일푼이었다. 일단 파리에 가서 알지도 못하는 곳으로, 당연히 취업 면접을 보려고, 지하철로 내려갔다. 개찰구를 뛰어넘어야 했고, 그러자마자 보안 요원 세 명이 달려들었다. 내가 그들에게 받은 인상은 정말 그랬다. 천장에 닿을 듯 키가 큰 사내들이 나를 쓰러뜨리려고 지나가기만 기다리고 있는 것 같았다. 이유는 모르겠지만, 나는 늘 뭐가 됐듯 그것을 뛰어넘는다enjamber는 사태에서 흥분을 맛보곤 했다. 다리를 평소보다 높게 쳐들면 뭔가 일상적이지 않은, 어쩌면 어리석을지도 모르는 일을 시전하는 기분이 든다. 그래서였을까, 끝장을 내려는 기로에 있는 그 여자를 보면서 'franchir le pas(난관을 넘어가다, 용단을 내리다)'라는 표현이 뇌리를 스쳤다.

그녀는 난간에 다리를 올렸다. 돌로 된, 그리 높지 않은 난간은 커다란 숲의 숨결과 완연한 계절로 인해 필시 얼음처럼 차가웠으리라. 다리를 씻어 주는 것은 빗물뿐이었는데, 이곳의 비는 인근 골짜기의 공장이 허구한 날 토해 내는 검은 입자들을 머금고 있었다. 여자는 내가 다가가자 돌아보았다. 그러고는 황급히, 마치 바람에 덧창이 도로 닫히듯, 다시 고개를 돌렸다. 왠지 내가 방해가 된 것 같았다. 그녀가 나를 보았고 내가 그녀를 보고 있다는 것을 알았기 때문에 내가 거북해할까 봐, 내가 무슨 행동을 취해야 한다는 의무감을 느낄까 봐 고개를 돌린 것 같기도 했다. 저녁 7시가 지나 있었고 이미 숲에서 희끄무레한 찌끼가, 영화의 특수 효과를 연상시키는 그 걸쭉한 안개의 일종이 배어 나오고 있었다. 내 눈은 그 여자 너머, 소나무 사이로 간신히 이어지는 흙의 띠를 바라보았다. 심지어 흰담비의 번득이는 두 눈을 본 것 같기도 했다. 키 큰 풀들이 보이지 않는 도약의 효과로 휘청거렸고, 미미한 비명이 야트막한 가지들 틈으로 스러지자 적막이 돌아왔다. 나는 셔츠 주머니에서 빼낸 담뱃갑에서 엄지손가락으로 한 개비를 꺼내 지나치게 메마른 입술에 물었다. 성냥불을 켜고 한 모금을 천천히, 힘주어 빨아들이자 모든 것이 되돌아왔다.

사람은 단숨에 겁쟁이가 된다. 보고 싶지도 않고, 본 것에 관여하고 싶지도 않다. 용기는 덫이자 비상구다. 모두가 그것을 발견하지는 않는다. 내버려두는 사람들, 가만히 벽을 향한 채 속으로 백이고 천이고 세는 사람들이 대다수다. 박차고 나가 추잡한 짓을 중단시키려면 생에 악착같이 매달리지 않아야 한다. 구덩이에 몸을 던지고, 사자놀이를 하는 고양이가 되어야 할 것이다. 누가 그럴 수 있는지 모르겠다. 다들 가만히 있지 않겠는가. 분별이 없거나 어리석은 자라면 모를까, 아니면 기사도는 이따금 무작위로 발생하는 질병일지도. 어쨌든 그런 일이 일어나면, 여러분이 자신의 수동적 공포를 목격할 때는 더 이상 천벌을 의심하지 않게 된다. 그다음부터 환상은 없다. 누군가가 비틀거릴 때마다 차라리 눈을 돌리는 편이 낫다. 속죄는 불가능하다. 그런 건 눈 가리고 아웅 하기다. 사실 여러분 스스로 되뇌는 말은 여러분의 편견을 정당화하는 수단, 새끼손가락 하나 까딱하지 않으면서 행동하는 척하는 수단일 뿐이다. 누군가가 여러분에게 왜 타인의 피를 뒤집어쓰고 있느냐고 물어보거든 비는 모두를 위해 내린다고 말하라. 진실은, 우리가 결국은 이 비겁을 일종의 지혜처럼 여기게 된다는 것이다. 여전히 아이러니한 것은, 자신도 대단한 건 아니지만 타인은 굳이 구하기 위해 새끼손가락조차 까딱할 가치가 없는 사람이라고 말하는 것이다. 나도 인정하는바, 그리 밝지는 않은 이 생각들이 담배 한 모금을 빨자마자 나를 붙잡았다. 나는 그 생각들의 역사와 족보를 알고 있었다. 아주 오래전으로 거슬러 올라가는 일이지만 우리는 수치심이 우리 안에 뿌리내린 날을 잊지 않는다. 따라서 내게 무슨 일이 있었는지를 말하련다. 그리고 만약 인류 전체가 이 이야기를 아직 듣지 못했다면, 우리의 아주 오래된 태양이 얼어붙기를.

20년 전, 거의 정확히 이맘때였다. 술집 뒷골목은 끔찍이도 좁고 습해서 균형 감각이 조금이라도 남아 있다면 한쪽 벽에 등을 기대고 맞은편 벽에 발을 올려놓을 수 있었다. 여기, 익사의 전문가와 아우성의 귀재들이 주로 드나드는 오래된 메생 거리의 술집에서 그런 감각이 남아 있는 경우는 극히 드물었지만 말이다. 나는 술을 퍼마시게 하는 모든 것을 과용했고, 매일 그 거리에서 죽치는 걸로 밤의 일부를 보냈다. 과음한 맥주 냄새, 서둘러 해치운 섹스 냄새가 진동했다. 나는 순조롭지 않은 것, 잘못되어 가는 것을 생각하려고 애썼다. 하지만 모든 것이 — 생각도, 욕망도, 심지어 추억까지도 — 세상은 여전히 허무를 능가하기 위해 중요한 의미를 지닐 필요가 있다고 믿게끔 돌아가고 있었다. 그렇게 모든 것이 펄떡거리면 나는 충분히 빠르지 못한 건가, 사실은 이게 사물들의 진정한 속도, 자연스러운 리듬 아닐까, 원래 이렇게 따라잡을 수 없을 정도로 미친 듯이 미끄러지는 건가, 하는 의문이 든다. 골목으로 좀 더 들어가면 한 남자가 신음하고, 웬 여자가 그에게 번득이는 칼날을 쳐들어 겨누고 있다.

남자는 계획이 있었는데, 그 계획이 불시에 좌절된 것

처럼 다리 사이 벌건 생식기를 단정치 못하게 드러내고 있었다. 그의 마지막 말이 입아귀에서 불그레한 거품으로 질질 흘러내렸다. 광택 없는 눈동자는 얼이 나갔고, 한쪽 넓적다리는 격앙된 햄 덩어리처럼 흔들렸다. 여자는 그를 두들겨 팼다. 그 힘은 더 이상 견딜 수 없는 연약함의 이면이 분명했다. 흔히들 예속으로 착각하는 그 연약함은 이 세상 모든 술집 골목에서 살아남는 하나의 방식일 뿐이다. 블라우스가 찢어져 있어서 여자의 가슴이 출렁거렸다. 아름답지도 않고 추하지도 않은 그 가슴은 사내의 손아귀를 더는 원치 않았다. 또 어떤 머저리가 어떤 저항에 부딪칠지 상상도 못한 채 자신의 운을 시험했겠지. 문제는, 하와이안 셔츠 차림으로 자빠져서 피오줌을 싸던 그자가 모로 형제의 장남이었다는 것이다. 무슨 짓을 해도 무사통과인 그 집안의 총아寵兒, 자기는 치아를 드러내며 미소 짓지만 다른 사람들 이는 부러뜨려도 되고, 여자들을 임신시키고 개들을 찔러 죽이는, 한마디로 모든 특별대우를 누리는 상속자 말이다. 나는 과거에 그를 한두 번 지나친 적이 있지만, 그때마다 괜히 똥물 뒤집어쓰겠다 싶어 일부러 먼 길로 둘러 갔다. 그는 늘 셔츠를 가슴 털이 보이도록 열어젖히고 이리저리 돌아다녔고, 주위의 사물들을 자신이 그것들의 필연적 소유주라도 되는 양 당당하게 가리켰다. 교육깨나 받았네, 교양이 있네, 심지어 어떠어떠한 분야에서는 전문가라는 소리까지 들었지만, 내가 보기에 그의 유일한 재능은 자신과 같은 인간들을 그냥 신발털개처럼 써먹을 줄 안다는 것이었다.

장남이 이렇게 쓰레기 같은 뒷골목에서 바지를 내린 채 길바닥에 자빠져 죽는다면 그 아버지가 기뻐할 리 만무했다. 그래서 나는 꼼짝도 하지 않았고 내가 본 것을 잊으려 했다. 그게 20년 전의 일이다. 그러다 어느 날 저녁, 분위기가 지나치게 무르익은 몇 주 전의 그 저녁에, 내가 누군가에게 무슨 말을 했다. 정확히 무슨 말을 했는지, 누구에게 했는지도 모르겠는데 아무튼 그게 영감탱이 귀에까지 들어갔다, 마치 폐수가 엉뚱한 수도관으로 흘러 들어가듯이. 그리하여 모로 영감이 나를 호출하기에 이르렀다. 나는 부인하려고 하지 않았고, 잊은 척하지도 않았다. 내가 아는 얼마 안 되는 것을 다 털어놓았다. 단편적인 정보였지만, 그의 자식을 살해한 여자의 얼굴을 떠올릴 수 있을 만큼은 되었다. 나는 그 광경을 목격하고도 아무 일도 하지 않았다. 어디 그뿐인가, 그토록 오랜 세월을 내처 입

다물고만 있었다. “그것만으로도 네놈의 대갈통을 뽑아 버려야겠어. 네 마누라가 보는 앞에서 이 꼬챙이에 꿰어 아궁이에 집어넣고 살살 구워 버리면 내 개들이 먹어 치우기 시작할 테지. 네 새끼들은 걱정하지 마라, 어린애도 오렌지처럼 껍질을 벗겨서 바이스에 넣고 죄어 버리면 어린애로 남아 있는 경우가 드무니까.” 모로 영감은 나를 만나고 보름 만에 자신의 상속자를 죽인 여자의 신원을 알아냈다. 그러고는 나를 다시 불러내서 마지막으로 선택하라고 했다. 내가 그 여자를 죽이든지 — 영감의 주장에 따르면, 나 때문에 그 여자가 아직도 살아 있는 거라나, 그녀는 숲속의 오두막에 사는 것 같다고 했다 — 그게 아니면…… 영감은 남아 있는 아들들과 그 자신이 내 아내와 자식들에게 선사할 수 있는 끔찍한 쾌락들을 나열했다. 장시간에 걸쳐 상세하게, 이미 이루어진 일을 기록이라도 해 놓은 것처럼 나열했다. 나는 고개를 끄덕이며 중얼거렸다. “알았어요, 제가 할게요.” 영감이 자리에서 일어났다. 나는 멍청하게도 그가 악수를 나누며 매듭을 지을 줄 알았지만 그는 내 코에 주먹을 날렸고, 나는 그 뼈 부러지는 소리가 오랫동안 이어질 참사들의 맏물에 불과하다는 것을 그제야 알았다.

까마귀 한 마리가 물푸레나무 꼭대기 어딘가를 부리로 찧어 댔다. 나는 생각했다. 만약 그녀가 죽고 싶어 한다면 죽는 거지, 다리에서 뛰어내리는 건 어려운 일도 아니잖아, 그냥 되는 대로 내버려두면 돼, 세상이 세상인 이래 인력은 줄곧 존재하는걸, 그녀는 뭘 두려워하지? 자신의 행동을 후회할까? 하지만 언제 후회하게 되려나? 머리통이 10여 미터 아래 돌에 부딪혀 박살 날 때? 더 이상 아무것도 비추지 못할 만큼 물이 다 말라 버린 저 하천 바닥에서? 그러니까 그녀는 그저 목구멍에 약간 남아 있던 삶을 홀짝거리면서, 두려움의 궁극적 사치를 누렸던 것이다. 내겐 할 일이 있었다. 모로 영감이 나에게 기대하는 그 일을 수행해야 했다. 거기에 내 가족의 생존과 내 불알의 안위가 달려 있었다. 이제 별 가치도 없는 불알이었지만, 아, 그렇고 말고. 심지어 이런 생각도 한다. 불알을 사고파는 시장에서, 겁에 질려 쭈글쭈글해진 나의 호두알 두 쪽을 접시에 올려놨자 저울은 대리석처럼 미동도 하지 않고, 누군가 이걸로 뭘 할 수 있느냐고 묻는다.

나는 매사에 젬병이었던 초등학생의 오랜 반사적 습관대로 내 발을 내려다보았다. "내가 그리 결정했으니 넌 그 일을 해야 할 게야"라고 모로 영감은 말했다. 영감은 마치 자신의 가짜 미소에 물컹한 증오를 밀어 넣으려는 것처럼, 기름때 묻은 엄지로 번들거리는 입술을 문질렀다. 그는 자기 몸에 맞게 제작한 의자에 앉아 있고 나는 서 있었지만, 외려 내가 그를 올려다봐야 할 것 같았다. 영감의 아내는 벽난로 옆에서 공허한 뜨개질을 하고 있었다. 상념에 빠진 그 여자는 모든 것에 귀 기울이는 동시에 아무것도 듣지 않고 있었다. 비가 억수로 쏟아지면서 자갈처럼 타닥타닥 타일 바닥을 때렸다. 나는 비가 내 귀에 때려 박는 소리를 흥얼거리지 않으려 애썼다. 탁, 하고 죽여 버려, 당장. 하지만 내 안의 비천한 종놈은 10만 켤레의 구두를 광내고 있었다. 뺨을 내밀고, 똥꼬에 힘을 주고, 고개를 조아리고 있었다. 나는 아직 네, 라고 말하지 않았다. 나의 애처로운 "알았어요, 제가 할게요"를 입 밖으로 중얼대지 않았다. 하지만 분명히 짚고 가자. 다들 알다시피 '네'는 우리를 앞서간다. '네'는 한 발짝 내딛고 뒤돌아서서 우리를 바라보며 위선자 같은 표정으로 묻는다. 그러고서 또 한 발짝 걸어가면 우리는 그 뒤를 따라간다. 우리는 그리로 간다. 우리가 틀렸지만 이미 늦어 버렸다. 끈은 팽팽해졌고, '네'가 춤을 이끈다.

7
실패의 두 번째 초상: 페소아

페르난두 페소아를 한눈에 실패의 킹으로 간주하기는 쉽지 않다. 그는 방대한 작품을 남겼으나 우리는 오랫동안 그 빙산의 일각밖에 보지 못했다. 이 자유 기고가가 다룬 장르(소설, 단편, 시, 에세이, 희곡, 저널리즘, 정치, 철학, 사회학 논문, 언어학 이론, 경제, 점성술 카드……), 그가 종사한 직업과 활동(글쓰기, 번역, 기사 편집, 광고 문구 작성, 십자말풀이 고안, 출판, 신문 창간 등), 그가 만들어 낸 이명들(작품이 있거나 산발적으로 흩어져 있는 텍스트를 남긴 이름만 60여 개) 등 이 모든 것이 현기증 날 만큼 장황하여 페소아를 영감 넘치는 데미우르고스(사람에 따라서는 문학 광인이라고 하겠지만), 아니면 적어도 삶이 곧 글쓰기였던 문학의 거인

반열에 올려놓은 것으로 보인다. 그렇지만 페소아는, 그가 하나부터 열까지 만들어 낸 다채로운 인물과 존재하는 모든 장르를 포용하려는 욕망에도 불구하고 — 혹은 바로 그러한 이유로 — 실패 개념에 단단히 사로잡힌 창작자들 중 한 사람이었다.

글쓰기의 모든 분야에서, 사생활과 개성에서조차도, 자신은 '실패자'라고 선언하고 한탄하는 대목이 그의 편지에 한두 번 나오는 게 아니다. 그는 자신이 걸어온 길이 한없는 실망으로 얼룩져 있다고 느꼈다. 비록 그 도정은 결코 비굴하지 않은 과대망상(그는 자신을 포르투갈 제5제국을 건설한 준비가 되어 있는 새로운 카몽이스*처럼 생각했다)과 바닥없는 우울의 순간을 오갔지만 말이다.

우리는 페소아에게서 모순적이지만 상호보완적인 두 열망을 구분하는 것이 알맞을 듯하다. 그는 한편으로, 앞에서 말한 바와 같이, (처음에는 영어로, 그 후에는 포르투갈어로) 위대한 국민 작가가 되기를 꿈꾸었고, 자신의 독창성, 경이로운 재능, 작품의 다양성을 의식하고 있었다. 요컨

* 포르투갈의 국민 시인 루이스 바스 드 카몽이스Luís Vaz de Camões (1524~1580)를 가리킨다. (옮긴이)

대, 자신이 위대한 운명의 부름을 받았다는 것은 어릴 적부터 이미 알고 있었다. 그러나 다른 한편으로는, 진가를 인정받지 못해 괴로워했고, 그 괴로움은 재능을 펼치는 데 방해가 되어 결국 그가 인정받지 못하는 이유의 일부로 작용했다. 사실 그의 글이 항상 신문에 실리지는 않았을뿐더러 그가 글의 발표를 스스로 막기도 했다. 그가 살아생전에 페소아라는 이름으로 발표한 작품은 『메시지 *Mensagem*』 단 한 권뿐이다.

이 리스본 시인이 문학의 창공에서 누구나 볼 수 있게 빛을 발하지 못한 데에는 단순한 교만이나 계제에 맞지 않는 허영심 이상의 이유가 있었다. 그것은 비정형적 공포였다. 1934년, 『메시지』의 출간을 앞두고 페소아는 어머니에게 자신의 망설임을 편지에서 고백한다.

> 첫 책을 출간한다는 사실 하나만으로도 내 인생은 바뀌겠지요. 나는 뭔가를 잃게 될 겁니다. 아직 작품을 발표하지 않은 작가라는 위상을요. 좋은 쪽으로의 변화는, 모든 변화는 나쁘다는 점을 고려하면, 늘 나쁜 쪽으로의 변화입니다. 그리고 부족함이나 결함 혹은 거절당하는 이의 위상을 잃는 것도 어쨌

든 상실이에요. (…) 어쩌면 영광에는 죽음과 덧없음의 맛이 나는지도 몰라요. 승리는 썩은 내를 풍기는지도 모릅니다.*

페소아는 단순히 책을 내고 나서도 자신을 알아보고 상찬하지 않을까 싶어 두려워했을까? 그럴 수 있다. 하지만 단지 그것뿐이라면 지극히 자연스러운 일, 이해할 만한 일이다. 하지만 어머니 마리아 마그달레나에게 쓴 편지에서는 뭔가 다른 것이 감지된다. 책의 출간은『불안의 책』의 저자가 역병처럼 경계하고 멀리한 두 가지를 의미했다. 우선은 위상의 변화, 그다음은 순응이다. 그는 변화라면 진저리를 쳤다. 페소아는 습관의 인간이었다. 글쓰기만이 중요하고, 자신이 정해 놓은 작업을 방해할 수 있는 것은 무조건 두려워하고 보는 인간. 그렇지만 그를 둘러싼 모든 것이 변했다. 모든 것은 변한다. 정부, 도시, 가까운 이들마저도. 페소아는 어릴 적 리스본에서 남아프리카공화국으로 — 포르투갈 수도의 시아두 지구에서 콰줄루나탈의 더반으로 — 이주하면서 타향살이를 할 만큼 해 봤고, 그 후 다시는 아무 데도 가지 않기 위해 리스본으로 돌아왔다. 다섯 살에 아버지를 여의고 바로 이듬해에 형을 잃었다.

* Extrait de lettre cité dans la biographie de Richard Zenith, *op. cit.*

몇 년 후에는 이복여동생을 저세상으로 떠나보냈고, 어머니와 오랫동안 떨어져 살았다. 그는 이 모든 격변을 자신의 유일한 자산, 즉 비할 데 없는 창의력과 결합된 당황스러운 관성의 힘으로 맞섰다. 문학은 그의 조국이었다. 비록 새로운 키츠, 새로운 워즈워스, 새로운 셰익스피어가 되겠다는 희망으로 끈질기게 영어를 붙잡느라 오랫동안 두 언어 사이에서 망설이긴 했지만 말이다. 그러나 때 이른 소명과 명백한 재능이 무색하게도 페소아는 크나큰 실패감을 강화하는 전략들을 끊임없이 다각화했다. 그 전략들 가운데 특히 두 가지는 그에게 치명적이었을 것이다.

물론 이명 문제도 페소아가 자아를 고정하고 목소리를 통일할 수 없도록, 나아가 그럴 능력이 없었음을(거부했음을?) 보여 준다. 수많은 인물로 이루어진 이 놀라운 파편화는 불안을 자아내는 그의 근본적 공허를 내보인다. 만약 그가 여러 명이라면 한 사람으로서는 아무것도 아닌 셈이다. 오만 가지 재능을 지녔지만 개성은 없는 사람. 많은 가치를 지녔지만 영매médium에 지나지 않는 사람. 이러한 문학적 팽창주의의 반작용에는 이유가 있다. 페소아는 아주 어릴 때부터 (경쟁의식과 자매인) 찬탄에 힘입어 자신의 문재文才를 갈고 닦게 해 준 위대한 작가들과 어깨를 나란히 하거나 심지어 그들을 뛰어넘는 꿈을 꾸었다. 그들의 방식대로 글을 썼고 그들의 문학적 DNA와 결합하여 막연하게나마 그것을 변화시키고 발전시키는 것을 목표로 여겼다. 그러나 그의 재능은 확실했던 반면, 그의 행보에는 그를 일종의 비존재로 확증할 수밖에 없는 지독한 작위성이 필연적으로 깔려 있었다.

하지만 그게 그렇게 간단하지 않다. 모방은 단순히 개성을 지워 버리려는 시도 그 이상이기 때문이다. 여기서 들뢰즈와 과타리가 『안티 오이디푸스』*에서 '분열자의 여행'에 대하여 하는 말을 주의 깊게 다시 읽어 보자.

> (…) 그런데 모의simulation는 앞서 말한 동일시로 이해되어야 한다. 그것은 형식을 바꾸어야만 서로 나뉘는 내공들 속에 늘 감싸여 있는 분해할 수 없는 거리들을 표현한다. 만약 동일시가 일종의 명명이요 지시라면, 모의는 그에 상응하는 글, 심지어 현실계에서의 기이하게도 다의적인 글이다. 그것은 현실계를 그 원리에서 떼어 내어 현실계가 욕망 기계에 의해 실제

* Gilles Deleuze & Felix Guattari, *L'Anti-OEdipe*, Editions de Minuit, coll. 《Critique》, 1972.

로 생산되는 지점까지 데려간다. 이 지점에서 복사는 복사이기를 그치고 현실계 및 그것의 책략artifice이 된다.

페소아의 경우에는 이 모의에서 동일시로의 (정신 나간?) 이행의, 이렇게 말해도 좋다면, 차원이 달랐다. 그는 차례차례 키츠가 되고 바이런이 되는 것으로 만족하지 않았다. 모방은 그의 취향을 만족시키기에는 너무 제한적인 작업이었다. 따라서 해방과 확장의 다른 경로, 다른 네트워크를 발명해야만 했다. 키츠 2.0. 버전이 되기보다는 알베르투 카에이루, 히카르두 헤이스, 알바루 드 캄푸스, 베르나르두 소아르스 등등이 되어야 했다. 그로써 아류의 문제는 해결되고, 텅 빈 자아의 구원으로부터 단수에서 복수로의 새로운 변화가 일어난다. 바로 이 지점에서 페소아의 '광기'는 비할 데 없는 논리의 정점에 다다른다. 그는 이름을, 그 이름에 해당하는 작가를, 그 작가에 귀속되는 생애를, 그 생애를 확증하는 상세한 작품 목록을 만들었다. 그 작가들의 이름으로 글을 쓰고, 끊임없이 그들의 서명을 다듬고, 그들의 계약서를 작성하고, 그들이 서로 편지를 주고받고, 서문을 써 주고, 소개를 하고, 비평을 써 주게 했다. 들뢰즈와 과타리는 『천 개의 고원』에서 이 놀라운 직관을 드러낸다. "자신의 본보기를 만들어 내고 끌어당기는 사람은 언제나 모방자다." 그리고 좀 더 아래로 가면 쐐기를 박는 듯한 이 문장을 만날 수 있다.

> 그런데 고유명은 개인을 가리키지 않는다. 오히려 가장 엄격한 몰개성화가 실행되고 난 후에 개인을 관통해 지나가는 다양체들multiplicités에 자신을 열 때 한 개인은 자신의 진정한 고유명을 얻는다. 고유명은 다양체에 대한 순간적 파악이다.*

페소아에게 이 "다양체들에 열려 있음"은 두 가지 이유에서 재앙과도 같은 면모를 띠었다. 첫째, 때로는 작가 이름만 만들면 그걸로 끝이고 작품의 파편까지 만들 필요조차 없었다. 둘째, 그에게는 문학 여정을 완성할 만한 참을성이 없었다. 하지만 '참을성'은 아마 적절한 단어가 아닐 것이다. 페소아가 결국 미완을 자기 스타일의 고유한 표식으로 삼는다면, 그것은 그가 일종의 과열된 공장, 서로 다른 전류의 흐름이 너무 많은 분전함 같았기 때문이다. 그렇지만 이 고삐 풀린 다가성多價性은 결코 무정부적이지 않

* Gilles Deleuze & Felix Guattari, *Mille Plateaux*, Editions de Minuit, coll. 《Critique》, 1980.

다. 페소아는 모든 것을 통제한다. 조직하고, 위계를 정하고, 이런저런 수정을 가하며, 그 수정이 불러올 반향을 고려한다. 페소아의 미완은 지속되기보다는 변화되고 싶어하는 흐름의 직접적 결과다.

> 만 가지 생각과 그 사이의 만 가지 연관성이 떠오르는데, 그것들을 제거하거나 중단시키고 싶은 마음도 없고 하나의 통일된 생각으로 수렴시키고 싶지도 않다. 그 하나의 생각 안에서 중요하지 않지만 관련 있는 자질구레한 것들은 모두 잃어버린바 될 터니.*

모든 것을 건드리는 페소아? 아니, 그런 게 아니다. 오히려 자기 안에 울려 퍼지는 모든 목소리를 끄집어내려 했던 "모든 것을 횡단하는 자", 지칠 줄 모르고 벽을 통과하는 자라고 해야 할 것이다. 그는 이따금 벽에 부딪혔다. 월트 휘트먼의 작품을 발견했을 때가 그랬다. 『풀잎』을 쓴 시인의 '나'는 지나치게 힘차고 생체적이며 흙내가 났다. 바이런 같은 시인의 섬세하고 변하기 쉬운 '나'보다 훨씬 물질적이고 육체적이었다. 휘트먼의 변성의 시는 그에게 말

* Cf. Richard Zenith, *op. cit*, *supra*.

을 걸 수밖에 없지만 — "나는 상처 입은 사람에게 기분이 어떤지를 묻지 않고 나 자신이 부상자가 된다"(『나 자신의 노래』, 33). 페소아는 자신을 재구성하고 위대한 월트의 촉매적인 '나'로 그러모으기에는 이미 너무 분리되어 있었다. 그는 절충적 정신을 노래할 줄 알았지만 아직 절충적 신체를 노래하지는 못했다(나중에 '알베르투 카에이루'가 등장하면 그리되리라).

페소아로서만 존재하는 데 실패한 것이 그의 가장 큰 승리였다. 비록 이 실패에 의한 승리가, 거기서 에고가 이득을 취하지 않는 만큼, 고통에서 자유롭지 않았지만 말이다. 그래서 리스본의 시인은 에피파니의 분출과 우울한 추락 사이를 부단히 오갔다. 상상의 친구가 한 명이 아니라 60여 명인 사람, 변동적 자기성애 성향으로 고뇌하는 사람, 영원한 검은 정장 차림의 사극자四極子, 코냑과 십자말풀이 중독이 유일한 위안이었던 영국식 유머의 지지자를 상상해 보라. 구체적 계획이란 계획을 모조리(시 전문지 창간, 출판사 설립, 문학상 후보 지명 등등) 거의 철저하게 실패하는 사람은 점점 더 별들에게, 영들에게, 카드에 의존했다. 그리고 새로운 요가 자세를 시도해 보듯이 반유대주의와 여성혐오에 빠져들고, 가문의 유산을 헤프게 써 버리고, 마술사 앨리스터 크롤리와 공모하고, 진전섬망 발작으로 쓰러졌다가 후세에 어마어마한 양의 원고를 남겼다. 그 방대한 분량의 최종 배치를 결정하지도 못한 채.

> 나는 버려진 박물관에 보존된 나 자신의 파편이라네.

페소아가 1914년 11월 19일에 친구 코르테스호드리게스에게 쓴 편지다. 이보다 더 명철하면서도 절망적일 수 있을까. 그러나 자기 자신의 파편에서, 마치 사멸한 별의 빛이 수 년 후 우리에게 도달하는 것처럼, 다중음성적 작품이 발산되었다. 그 작품은 수고스러운 일관성보다는 현재의 광휘, 그리고 장차의 광휘를 약속한다. 마치 페소아가 자신을 희생시켜 또 다른 자기 자신(들)의 함대를 도래하게 한 것 같다. 마치 자신을 녹여 이 방대한 허구의 부족으로 재창조함으로써 난관을 무시하고 자신의 현실을 무한히 변화하는 '되기devenir'로, 터무니없는 끈 이론에 순응하는 흐름으로 만들고 싶었던 것처럼.

페소아의 은밀한 비극은 무기력이었다. 그렇게 방대한 작품을 남겼는데, 무기력이 들어설 자리가 도대체 어디 있었을까 싶겠지만, 무기력은 분명히 있었다. 무기력은 그의 개인적 지리학과 리스본에서의 일상에 동시에 존재했다. 말하자면, 그는 자신이 태어난 도시를 결코 떠나지 않았고, 칸을 바꾸는 장기 말처럼 이사만 다녔다. 집필용 탁자와 카페 탁자 사이를 오가는 규칙적 생활, 당연히 카페는 계속 바뀌었지만 탁자는 변치 않는 조건이었다. 그것은 절대적 소용돌이처럼 냅킨 고리 주위를 빙빙 도는 삶이었다.

그의 모든 것이 합력하여 일종의 반反 월트 휘트먼을 이루고 있었으니 그럴 만도 하다. 이 부동의 불안과 "사물의 다양성과 몸으로 마찰하는 위대한 남색가" 사이의 심연을 가늠하기 위해서는 「휘트먼에게 보내는 인사」라는 시를 읽어 보기만 하면 된다. 페소아는 더없이 감동적인 수사로써 그 심연을 메우고자 했다.

외알 안경과 허리에 꼭 맞는 재킷 차림의 나는,

당신에게 합당치 않은 것이 아닙니다, 월트, 알다시피 나는

당신에게 합당치 않은 것이 아닙니다, 그대에게 인사하는 것만으로도 충분히……

너무도 무기력에 가깝고, 너무 쉽게 권태에 찌드는 나는,

당신의 사람이니, 알다시피, 당신을 이해하고 사랑합니다.*

Eu tão contíguo à inércia(너무도 무기력에 가까운 나). 페소아는 이 고백에 미사 전례의 말 — non sum dignus(합당치 않사오나)** — 을 거꾸로 뒤집어 연결한다. 그리고 누가 봐도 뻔한 이 장치를 통하여, 수행적 발화라는 수작만으로 자신이 뉴욕의 독학자 월트 휘트먼과 나란해지기를 바란다. 두 남자에게 시에 대한 열정 말고도 다른 공통점이 있기는 하다. 둘 다 신문을 창간하고 기사를 썼으며, 정치에 관심을 보였고, 남성에게 끌렸으며, 인쇄소를 하다가 망했다. 운명의 아이러니인가, 휘트먼은 밀크펀치 과음으로 사망했고, 페소아는 브랜디를 지나치게 좋아한 것이 문제였다. 둘 다 자신의 십자가와도 같은 술이 있었다.

무기력은 부인하는 것만으로도 극복 가능한가? 페소아는 그러기를 원했고 그렇게 믿었다. 죽음의 무게가 숭숭

* Fernando Pessoa, *Salut à Walt Whitman*, in *Œuvres poetiques*, Gallimard, coll. 《Bibliotheque de la Pleiade》, 2001.

** 가톨릭 성체성사에서 신자들이 성체를 받기 전에 하는 고백 "주님을 모시기에 합당치 않사오나 한 말씀만 하소서, 제 영혼이 곧 나으리이다"의 일부. (옮긴이)

구멍 난 자아, 뻥 뚫린 자아의 빈 통에 영원히 자신을 붙잡아 놓고 있는 줄 알면서도.

> 나는 문의 잠금쇠를 원치 않는다!
> 나는 금고의 자물쇠가 필요 없다!
> 나는 끼어들고, 간섭하고, 휩쓸려 가고 싶으니
> (…)
> 내게 외설적인 목적으로 찾아와 주기를,
> 단지 여기 눌러앉아 상해 버리지 않기 위해서가 아니라,
> 단지 이 시만 쓰고 있기 위해서가 아니라!

수행적 발화의 한계. "나는 월트 휘트먼이다"라는 발화만으로 내가 월트 휘트먼이 되지는 않는다. 그 발화의 문장 내에서라면 모를까. 페소아 안에 앉은 자가 말한다. 월트가 "날아라!" 하고 말씀하시니 앉은 자가 날아오른다. 앉은 자가 절대적 구체성의 예찬자라는 '되기'를 위해, "산발적 우주의 열렬한 애첩"이라는 '되기'를 위해 천성적 답보 상태 — "쓸모없고 지쳐 있으며 생산성 없는 나" — 를 포기한 것이다. 앉은 자는 "바퀴도 없고 레일도 없는데 바퀴와 레일을 말하는 시"를 쓰기를 중단한다. 하지만 페소

아는 자기 역행의 노래를 부르는 동안 알바루 드 캄푸스가 되어서야 그렇게 할 수 있었다. 자기로밖에 존재하지 않는 것은 실패이지만 타자들로서만 존재하는 것도 실패감으로 다가온다. 그런데 페소아는 이 두 가지 실패의 마찰에서 무한히 열려 있는 작품, 끊임없이 폭발하며 재구성되면서도 안정된 작품, 믿을 수 없는 다면체의 광시곡을 창조할 수 있는 거의 초월적 힘을 끌어냈다(『불안의 책』은 그 뚜렷한 증거다. 페소아는 이 책에 최종적 형태를 부여하지 못했다. 그래서 프랑스어 번역본만 해도 판본이 네 가지나 된다).

페소아의 다극성 무기력은 사실 놀라운 폭발력을 지닌 엔진이었다.

부알로-나르스자크의 『죽은 자들 사이에서』*는 실패에 대한 위대한 소설이다. 애정 생활을 영위하지 못하고, 인생에 망조가 들고, 술독에 빠지고, 광기로 치닫고, 그야말로 실패의 풀코스다. 이 소설을 영화화한 히치콕은 나락으로 떨어지는 질투심 많은 알코올 중독자를 더 이상 술을 마시지 못해 애타고 흥분이 고조되는 사랑에 미친 남자로 절묘하게 둔갑시켰다. 〈현기증〉은 — 프랑스어 제목은 '식은땀'인데 — 실패를 다루는(내친김에 알코올 중독도 다루는) 걸작이다. 이 영화에서 주인공은, 알코올을 다루는 영

* *D'entre les morts*, Denoël, 1954. 프랑스의 추리 소설 작가 콤비, 피에르 부알로와 토마 나르스자크의 작품. (옮긴이)

화들의 4분의 3과는 달리, 술을 끊으려고 하지 않지만, 그가 등장하는 영화 자체가 끊임없이 음주를 방해한다. 따라서 이 영화는 아주 특별한 종류의 실패담이다. 알코올 중독의 재발rechute에 대한 이야기가 아니라 재발의 실패, 재발의 훼방에 대한 이야기라고 할까. 히치콕에게 음주의 실패는 흡사 천벌처럼 보인다. 그게 어떤 종류의 현기증이냐고? 좋은 질문이다.

〈현기증〉은 폭음하다가 죽음 직전까지 간 남자에 대해 이야기한다(이건 어디까지나 내 이론이다). 남자는 말 그대로 허공에, 즉 술독에 떨어질 뻔했다. 이것이 남자가 영화 초반부에 간발의 차로 피할 수 있었던 추락chute의 상징적 의미다. 그는 최후의 순간에 극단의 공포, (그리고 빗물 홈통) 덕분에 떨어지지 않을 수 있었다. 남자는 매달린 채 세상 밖의 비명 소리를 듣는다. 이는 그를 구하려다가 대신 추락해 버린 경찰관의 비명이다. 그런데 스코티(제임스 스튜어트 분) 대신 떨어져 죽은 경찰관은 상징적으로 (재차 말하지만 내 이론이다) 그의 술친구, 고주망태가 된 자신의 분신이다. 따라서 이 인물의 죽음은 경고 역할을 한다. 이 일이 있은 후로 스코티는 항상 말을 아끼고 신중한 모습을 보여야 한다는 것을 이해한다. 영화 초반부에 스코티가 손가락에 지팡이를 세워 놓고 휘청휘청 균형을 잡는 장면이 나오는데, 그 모습은 마치 경찰의 음주 단속에 걸린 운전자 같다(당시에는 운전자가 비틀거리지 않고 직선으로 똑바로 걸을 수 있는지를 보고 음주운전 여부를 판단했다). 하지만 우리는 이 가련한 서커스 레퍼토리에 속지 않는다. 스코티의 바람은 하나뿐이다. 진탕 취하되 추락하지 않기, 공허에 덜미를 잡히지 않기. 그는 자신이 다시 술을 마시게 된다는 것을, 다시 술을 마시고 싶어 한다는 것을 잘 안다. 그러면서도 그 과정을 단계적으로 밟아 가야 하지 않을까 생각한다. 그는 미지(바바라 벨 게디스 분)에게 고소공포증과 발판 의자를 예로 들어 매우 상세하게 설명한다. 발판은 한 칸씩, 한 단계씩만 늘려 가며 올라야 한다. 술도 하루에 한 잔씩, 그래야만 블랙홀과 거리를 둘 수 있고 과음을 최대한 늦출 수 있다. 과음을 했다가는 말짱 도루묵, 다 놓아 버리게 된다. 실패를 방해한다는 것은 마치 실패를 분해하여 그 효력 범위를 두루 살펴보는 것과 같다.

이 영화에서 히치콕이 주인공에게 희한한 저주를 걸었다는 것은 분명하다. 여기서 중요한 점은, 스코티가 술의 부름에 저항하는 것이 아니라 앞에서 말했듯이 그가 채울 수 없는 목마름을 해소하려 할 때마다 영화가 방해한다는 것이다. 스코티는 추락을 면하자마자 술 마실 핑계를 찾고, 그러려면 술을 마실 동기를 자신이 아닌 외부에서 얻어야 한다. 어느 날 과거의 인물, 즉 학창 시절의 친구인 개빈 엘스터(톰 헬모어 분)에게서 연락이 온다. 스코티는 미지에게 그 친구를 만나러 갈 것인데, 친구가 술 한 잔 사면서 자기 문제를 털어놓고 싶어 한다고 설명한다. 미지는 스코티의 환심을 사려면 반드시 그와 술자리를 가져야 한다는 것을 잘 알고, 지연 전략으로 결국은 목표에 도달하려는 스코티의 수작들에 한시도 속지 않는다. 스코티는 술을 사는 사람은 자기가 아니라 개빈 엘스터라고 대꾸하지만 — 이름 'Gavin Elster'는 'everlasting(영원한!)'의 애너그램*이라는 것도 짚고 가야 한다! — 미지는 바보가 아니다. 평생 속옷 디자이너로 일해 온 그녀는 브래지어 컵에 대해서든 상사병에 걸린 알코올 중독자의 계책에 대해서든, 뭐가 어떻게 작용하고 어떻게 연결되는지 안다. 미지는 술이 외부에서 오고 반드시 밀반입되어야 하며, 스코티

* anagramme. 단어의 문자를 재배열하여 다른 뜻을 가지는 단어로 바꾸는 것. (옮긴이)

가 나서서 행동해서는 안 된다는 것을 안다. 하지만 그가 나서는 일이 없지는 않다. 미지의 지적이 있고 나서 바로 다음 순간, 스코티는 무엇을 하는가? 그는 미지에게 맥주나 한잔 하러 나가자고 한다. 하지만 미지는 거절하고 스코티는 곧바로 자신이 실수했음을 깨닫고 집에 돌아가겠다고 한다. 홀로 자기 악령들을 상대하는 스코티의 모습은 생략되고 이어지는 시퀀스에서 그는 개빈의 사무실에 있다. 그는 뭔가를 찾는 것처럼, 아니 뭔가를 피하려는 것처럼 그곳을 서성거린다. 보란 듯이 술병과 잔들이 놓여 있는 쟁반을 등지고 있는 스코티 덕분에 그가 무엇을 피하는지 금세 알아차릴 수 있다. 개빈이 그에게 술을 권하는 것도 아닌데 그는 그놈의 고소공포증을 들먹이면서 더 이상 마크 타워 꼭대기층에 술을 마시러 갈 수 없다고 단도직입적으로 선언한다. 그러면서도 샌프란시스코에는 거리에서 바로 들어갈 수 있는 술집이 많아서 다행이라는 말을 덧붙이는 세심함을 보인다. 이 발언은 제대로 먹힌다. 개빈이 곧바로 술을 권하니 말이다. 그러나 스코티는 다시 한번 양심의 가책을 느끼고 자기한테는 너무 이른 것 같다면서 마지못해 사양한다.

그런 다음 스코티는 '어니스Ernie's'에 간다. 이곳은 원래

대중식당이었는데, 지금은 마호가니 카운터가 입구로 옮겨진 고급 레스토랑으로 바뀌었다. 빅토리아 양식의 샹들리에, 포도주색 비단 벽지, 벤치형 의자, 붉은 의자, 진홍색 카펫이 세기말 유곽의 실내장식을 연상시킨다는 점과 아울러, 이 또한 사소하지만 중요한 사항이다.

스코티는 개빈의 요청에 따라 매들린이 어떻게 생겼는지 보려고 그곳에 갔다. 들어가자마자 바에 팔꿈치를 괴고 술을 한 잔 주문하지만, 소리가 차단된 듯한 레스토랑 분위기에서 둥둥 떠다니듯 자신에게 다가오는 매들린의 모습에 매료된 나머지 그 술을 입에 대지는 않는다. 하지만 매들린은 스코티를 본 것 같지 않고 단지 그의 존재감을 느낀 것처럼, 마치 바에 앉아 있는 그의 실루엣에 저절로 끌려간 것처럼 보인다. 두 유령이 서로를 감지하고 피차 냄새를 맡은 것 같다고나 할까. 매들린은 그의 바로 옆을 지나친 후 사라진다. 물론 스코티는 그때까지도 술잔에 손을 대지 않았다. 그 후 미행이 시작된다. 갑자기 물속처럼 모든 것이 느리게 흘러간다. 도시는 희귀 생물들이 보이지 않는 조류의 흐름에 따라 무심하게 진행 방향을 바꾸는 오래된 바다의 밑바닥 같다. 스코티는 매들린이 가는 곳마다 뒤를 밟으며 '임무'에 매진한다. 무덤 앞에서 한참

머물기도 하고, 그녀가 그림을 감상하고 있는 미술관에 들어가고, 그녀가 자주 가는 호텔까지 쫓아간다. 매일 저녁 키르케를 버리고 페넬로페에게 돌아가는 오디세우스처럼 스코티가 미지에게 돌아갈 때, 그는 한잔 같이하자고 하지만 미지는 거절한다. 더 이상 베를 짰다가 풀었다가 할 수 없는 미지는 이제 스코티보다 앞질러 탐색하고자 한다. 중요한 것은 스코티가 미지에게 샌프란시스코의 과거에 대해 질문했고, 미지는 새처럼 빠르고 활기차게 날아갈 기회를 잡았다는 것이다. 미지는 샌프란시스코의 과거에 대해 잘 아는 서점 주인을 만나 보자고 하고, 스코티는 그녀를 지체 없이 따라가야 하건만 자신이 방금 사용한 잔 앞에서 잠시 멈칫하더니 미지의 흥분에 뒷걸음질하듯 찔끔 한 모금을 들이켠다. 시나리오가 그에게 음주를 자극할 때마다 편집은 그것을 방해하다니, 악마적이지 않은가? 실패는 디테일에 들러붙은 악마다.

8
실패의 세 번째 초상: 콕토

풀스 메이트에 걸려들지 않기를 바라면서 폰을, 아니 가설을 개진해 보자. 콕토는 모든 것에 성공했기 때문에 실패했다. 이미 이 책의 제사題詞에도 콕토를 인용했지만 『아편』*에서 해당 대목을 전부 발췌 인용하는 것도 의미 있을 성싶다.

> 실패의 미학이야말로 유일하게 지속 가능한 미학이다. 실패를 이해하지 못한 사람은 이미 졌다. 실패의 중요성은 어마어마하다. 실제로 실패하는 것에 대해 말하는 게 아니다. 실패의 비결과 미학과 윤리를 이해하지 못하면 아무것도 이해하지

* Jean Cocteau, *Opium, Journal d'une desintoxication*, Stock, 1930.

못한 것이며, 영광도 헛되다.

여기서 어떤 뉘앙스가 드러난다. 그 뉘앙스는 중요하고도 결정적이어서 이를 제대로 보지 못하는 이는 아주 괴로워질 법하다. 콕토의 실패는 실패감과 분리되지 않는다. 혹은 콕토의 경우는 실패감이 실패 그 자체보다 훨씬 더 격렬하고 현실적이라고 하겠다. 『지옥의 기계 *La Machine Infernale*』의 작가가 실패만 겪었다고 말한다면 정말로 부당할 것이다. 그의 책 몇 권, 그리고 희곡의 일부는 혹평을 받거나 반응이 그저 그랬지만, 콕토는 분명히 국제적 명성을 누렸다. 일본에서는 독자들이 그에게 무릎을 꿇고 책에 서명을 받아가곤 했다(적어도 콕토의 일기에는 그렇게 나와 있다). 그렇다면 이 끝없는 실패감은 어디서 왔을까? 그리고 실패는 어떻게 미학을 정초할 뿐 아니라 콕토처럼 이름난 작가가 가장 잘 간직한 비결이 되었을까?

내 마음 같지 않은 쓰라린 경험과 실망은 피해망상으로 발전할 수 있다. 영원히 이해받지 못하고 사랑받지 못한다는 생각이 이름깨나 날리는 동료 예술가들과 어울리면서 더욱 심해졌을 가능성이 있다. 실제로 콕토는 일종의 삐뚤어진 질투에 시달렸다. 그는 프루스트, 피카소, 주네가 되기를 꿈꾸지 않았다. 차라리 그랬으면 나았을 것이다. 콕토는 왜 자기가 아닌 그들에게 영광이 돌아가는지 도통 이해하지 못했다. 그 결과, 그는 이 잘나가는 삼인조에 대한 찬사를 끊임없이 깎아내리고, 축소하고, 흠집냈다.

콕토에 따르면, 프루스트(그는 출판의 영광과 사후의 광휘를 얻는다)의 죄는 지나친 스노비즘이다. 그는 자꾸 했던 말을 또 하고, 대혼란에 빠져들고, "밤의 뒤죽박죽 객설"을 늘어놓는다. "가엾고도 가여운 마르셀, 미친 눈의 가엾은 병자여." 물론 이는 모두 콕토에 대해서도 할 수 있는 말이다. 그는 처음에는 자기 글을 다시 읽고 황홀해했다가 금세 자기 경험에 비추어 비평하고 판단한다. 그리고 집어치웠다가 도로 붙잡고 감탄과 혐오를 왔다 갔다 하는 춤을 추며 방황한다. 콕토가 보기에 프루스트의 실패는 범속성에 매료된 것, (사회적으로는 우월하더라도) 하등한 종들에게 정신이 홀딱 팔린 곤충학자가 된 것이었다. 콕토는 마치 어린아이의 집짓기를 허술하다고 흉보듯이 프루스트를 헐뜯는다.

피카소? 콕토는 피카소에게 진정으로 감탄했지만, 그가 작품을 너무 쉽게 만든다는 점에 의혹을 거두지 못했다. 콕토도 이른바 '재능'의 매력과 위험을 잘 알고 있었지만, 그는 재능의 수월함을 찬양하기보다는 위험을 찬찬히 살펴보는 쪽이었다. 속으로 자신과 막상막하라고 생각한 피카소와 차별화되기 위함이었을까? 그는 몇 줄로 속을 다 내보인다.

> 피카소의 사소한 몸짓은 비록 어설퍼도 그에게 유리하게 작용한다. 나의 사소한 몸짓은 교묘한 데도 나에게 불리하게 작용한다.*

이러한 표현으로 콕토는 너무 오래 품었던 독처럼 끔찍한 진심을 토해낸다. 니체 철학에서 차츰 멀어져 간 그는 차츰 회한의 인간이 되었다. 콕토가 보기에 재능은 은총이나 특권이 아니라 일단은 저주이자 낙인이다. 재능에 영합하지 말고 그것을 비루한 물질처럼 다룰 줄 알아야 한다. 히스테리가 일어날 정도로, 재능을 경계할 줄 알아야 한다. 재능을 타고났더라도 그 재능을 은밀한 촉매로 쓰기

* Jean Cocteau, *Le Passé défini*, Gallimard (huit volumes).

보다 세속적 스포트라이트로 삼는 데 만족한다면 아무 쓸모가 없다.

> 재능의 극복이야말로 자신의 재능을 확인한 자가 공부해야 할 것이다.*

무언가가 콕토에게서 매정하게 도망가고, 그를 화나게 하며, 영원히 이해할 수 없는 것으로 남는다. 어째서 그가 아니라 다른 사람들이지? 어째서 다른 사람들은 거의 무조건적으로 변함없는 신뢰를 받는데, 그에게는 그런 것이 주어지지 않는가? 폴 발레리는 "세상을 속이고 황금으로 황금을 만든다." 장 주네는 "더러운 걸레를 잔뜩 쑤셔 넣어 변기를 막아 버렸다." 어쨌든 사르트르는 『꽃피는 노트르담*Notre Dame des Fleurs*』의 저자에게 기념비적 에세이**를 바침으로써 주네에게서 "실패의 영광"을 앗아 갔다. 콕토는 그의 일기 『정해진 과거*Le Passé défini*』 여기저기서 프루스트가 "평성가平聖歌의 주선율을 (…) 놓쳤다"고 지적한다. 그

* Jean Cocteau, *La Difficulté d'être*.
** 장폴 사르트르의 평전 『배우이자 순교자, 성 주네*Saint Genet, comédien et martyr*』를 가리킨다. (옮긴이)

이유는 프루스트가 사랑하는 사람이 밤마다 다른 사람을 꿈꾼다고 생각할 때 느끼는 질투심을 묘사하고 싶어 하지 않았기 때문이다. 프랑수아 모리아크와 그의 노벨 문학상에 대해서는 말도 꺼내지 말자, 생각만 해도 열불 나니까.

콕토는 왜 진가를 인정받는 데 실패하는가? 무엇보다 이 실패는 콕토의 잘못인가, 아니면 동시대인(특히 평론가들 말이다. 콕토는 평론가야말로 크리스마스트리에 매달아 버리고 싶은 유일한 장식이라고 생각했다)의 잘못인가? 그는 조사하고, 횡설수설하고, 다시 조사한다. 틀림없이 그의 재능에 뭔가 빈틈이 있을 것이다. 그는 이런저런 가설을 내놓는다. 짜증 나는 두뇌와 관련이 있을 테지. 하지만 콕토는 지능이야말로 "흉물스러운 어리석음"이라고 하지 않았나? 아니면 그가 모든 분야에 손댄 것이 패착이었나?

> 나는 우유부단하고 산만한 사람으로 (…) 통했지만, 실은 존재의 고독과 자유의지의 다채로운 면모를 여러 각도에서 조명하기 위해 나의 등불을 돌려보고 또 돌려보았을 뿐이다.*

* Jean Cocteau, *Journal d'un inconnu*, Grasset, 1953.

안됐지만, 모든 것에 손을 댔던 예술가가 콕토 한 사람은 아니다. 그런 사람은 널리고 널렸다. 주네는 소설도 쓰고 시도 쓰고 희곡도 썼다. 발레리는 시인이자 철학자였다. 사르트르는 소설가, 극작가, 철학자이자 여러 가지 정치적·사회적 활동에도 열을 올렸다. 피카소는 도예에도 손을 댔다. 지오노는 옥살이도 했다. 피카비아는 그림도 그리고 글도 썼다. 파뇰은 영화를 만들었다. 그 시대의 예술가들은 대부분 여러 개의 활시위를 가지고 있었고, 콕토는 구혼자들 틈에 끼어 있는 오디세우스 신세였다. 그들의 동기는 그의 동기와 전혀 달랐던 걸까? 그들은 자연스럽게, 아무 콤플렉스 없이, 다른 활동들에도 손을 댔을까? 너무 많은 노하우를 축적한 기업이 단일 제품 생산에만 국한될 수 없는 것처럼? 어째서 아무도 콕토를 진지하게 생각하지 않은 것처럼 보일까? "40년간, 이제 겨우 데뷔한 애송이 취급을 받아 왔다"고 콕토는 탄식한다. 그리고 한술 더 뜬다. "모두에게 의심받는 것이 내 팔자다."*

콕토는 단숨에 적을 만들었다. 그 후 다소간 납득할 수도 있는 피해망상에 빠졌다. 이 피해망상에 대해서는 클로

* Jean Cocteau, *Le Passé défini*, *op. cit.*

드 아르노가 누구보다 잘 조명해 주었다.* 모리아크, 데스노스, 브르통은 그와 척졌다. 그가 죽기를 바라는 이들까지 있었다. 신동은 신통방통하게도 속을 긁어 놓는다. 카멜레온은 시커먼 분노, 시뻘건 증오, 샛노란 앙심을 불러일으킨다. 콕토는 모욕의 미세한 쇳가루를 기막히게 끌어당기는 자석과도 같았다. 그렇지만 그는 관대했다. 콕토는 자신이 발견한 이들을 구하기 원했고, 자신이 구한 이들을 세상이 발견하기를 원했다. 레몽 라디게, 장 주네, 모리스 작스, 장 데보르드가 그들이었다. 게다가 콕토는 용감했다. 자신의 행위 하나하나를 투쟁으로 삼았다는 의미로 말이다. 그는 질병, 아편, 실연, 배반, 공격, 멸시, 거짓 감탄에 맞서 싸웠다. 다 소용없었다. 어떤 것도 동시대인이 보기에 그를 대속할 만하지는 않았다.

> 내가 작품을 그르친 것은 아닌지, 악마가 시종일관 나를 낱낱이 농락한 것은 아닌지 의문이 듭니다.**

콕토가 마흔 살도 되지 않은 1928년에 어머니에게 보

* Claude Arnaud, *Jean Cocteau*, Gallimard, 2003.

** Jean Cocteau, *Le Passé défini*, *op. cit*.

낸 편지의 일부다. 마르크 랑브롱은 콕토의 비극을 촌철살인의 한 문장으로 잘 요약해 주었다. "그는 알려지기도 전에 유명해졌다."* 심지어 오랫동안 바라 마지않은 아카데미 회원 자격조차도 그에게는 "지친 사람을 위한 안락의자만" 내어 주는 듯 보였다. 등 뒤에 칼을 숨긴 추종자들과 꿀처럼 달콤한 미소를 짓는 적들에게 둘러싸인 콕토는 문학 예술에서 운동선수보다 곡예사로 여겨졌다. 그는 꽹과리처럼 울리고 비틀거리는 천사의 말을 그대로 베껴 적는다고 생각했지만, 화폐 위조범 취급을 받았다. 불사조를 연기하지만 양귀비를 먹고, 프레베르보다 인기는 없는데 아라공보다도 용서받지 못하며 멸시까지도 무릅쓰는 신세였다. 콕토도 자신을 "앵그르의 바이올린을 지닌 파가니니"**, 즉 외면하는 사람들에게 놀아나는 바람개비로 여겼다. 그는 결국 월계관보다 가시관을 더 좋아하게 되었고, 비행접시(!)에 심취하여 자신을 괴롭히는 종기가 로스앨러모스 핵실험의 버섯구름에서 비롯됐다고 철석같이 믿기에 이르렀다. 시인의 피는 똥물이 될 위험에 놓여 있었다.

* Claude Arnaud, *Jean Cocteau*, *op. cit.*

** '앵그르의 바이올린'은 예술가의 취미 활동을 뜻하는 관용어구다. 콕토는 천재적 소질을 타고났으나 본업에서 그 역량을 다 발휘하지 못했다는 뜻으로 이런 말을 했을 것이다. (옮긴이)

그렇지만 사랑받고 싶다는 채워지지 않는 욕망에 의해 움직이고, 때로는 댄디즘에 매몰되며, 때로는 유행에 호되게 두들겨 맞으며, 세상이 가볍게 여겼던 콕토는 어떻게 무너지지 않고 살아남았을까? 콕토는 실패의 불안정한 미학을 자기 것으로 삼으면서 과격한 경계와 유행의 조롱을 한 몸에 받았다. 그는 진심으로 자기 시대의 천재가 되기를 원했으나, 언론과 동료 예술인들은 그를 재주 좋은 광대, 뛰어난 제작자, 변덕스러운 도깨비 역에 한정시켰다. 20세기의 가장 놀라운 시 중 하나인 『레퀴엠』*을 쓴 콕토는 그의 방어적 교만으로 인하여 사교계의 잠자리 정도로밖에 여겨지지 않았다. 그의 가장 큰 실패는 이 현실을 무시하지 못했다는 것이다.

죽음이 우리의 연금술을
아름답게 하는 것이 나에게 맞지만,
내가 꿈의 호구였다는 것은
기분이 나쁘다.

* Jean Cocteau, *Le Requiem*, Gallimard, 1962.

상영 2　　　　실패의 현기증 (2)

영화 〈현기증〉의 곳곳에서 작용하는 취기의 음모가 여전히 믿기지 않는다면, 이 영화에 영감을 준 부알로-나르스자크의 소설을 읽거나 다시 한번 읽어 보기만 해도 알 것이다. 물론 『죽은 자들 사이에서』라는 이 소설에서 스코티는 스코티가 아니라 플라비에르인데 — 그렇다! 무슨 포도 품종명 같지 않은가 — 이 인물은 소설이 진전될수록 술독에 빠진다.

처음에는 히치콕의 두 시나리오 작가 앨릭 코펄과 새뮤얼 A. 테일러가 이 알코올 중독이라는 요소를 영화에도 집어넣었을 확률이 높다. 하지만 히치콕 영감이 원작 의존도가 너무 높고 지나치게 노골적이라고 보아 알코올 중독은 통주저음처럼 은은하게 깔고 가는 편이 낫다고 판단했을 것이다. 그래서 스코티가 호텔 바에서 개빈을 다시 만날 때, 둘 다 술잔을 앞에 두고 있으나 개빈의 술잔만 조금 비어 있고 스코티는 술잔에 손도 대지 않는다. 그런데 그들의 만남이 마무리되는 상황에서, 매들린의 미친 조상에 대한 정보에 동요한 스코티가 뭘 좀 마셔야겠다고 말한다. 하지만 그가 잔을 입으로 가져가자마자 화면은 검은색으로 전환되면서 그의 음주를 방해한다. 스코티는 다시 한번 바닷속 같은 샌프란시스코의 골목골목을 누비며 끝없는 미행에 나선다. 그다음은 여러분도 아는 그 유명한 익사 장면이다. 매들린은 마치 날아가려는 듯이 두 팔을 벌리고 샌프란시스코 베이로 뛰어내린다. 스코티는 물에 뛰어들어 의식 잃은 매들린을 구해 자기 집으로 데려간다. 마치 몸도 가누지 못할 만큼 만취한 여자를 어떻게 해 보려고 집으로 데려가는 남자처럼. 그는 이 실신 상태를 이용해 매들린의 옷을 벗기고 그녀를 침대에 눕힌다. 관객은 단순한 기절로 보이기 원하지만 정반대의 효과를 낳는 이 실신 상태에서 무슨 일이 벌어지는지 궁금해진다. 여기서 매들린이 정신 차리기를 기다리는 동안 스코티는 커피 잔을 앞에 두고 소파에 앉아 있는데, 그가 잔을 입으로 가져가는 순간 카메라가 돌아간다는 점이 중요하다. 카메라는 왼쪽으로 이동하면서 탁자 위, 언제나 잔과 병이 놓여 있는 쟁반을 조용히 비추고 그 사이에 매들린이 나온다. 스코티는 그녀를 난롯가 앞 바닥에 앉히고 커피를 권하지만 매들린은 사양한다. 이어서 술을 권유할 때도 매들린은 사양하지만 이번에는 좀 더 은근하다. 거절이라기보다는 고뇌 어린 침묵에 가깝다고 할까. 스코티는 다시 커피를 권하지만 매들린은 잔을 건드리지 않는다. 이때부터 그들은 서로 만나는 사이가 되고 흡사 키스를 할까 말까 망설이는 연인처럼 보인다. 어느 날, 새로운 자살 위협 앞에서 매들린이 다시 바다에 뛰어든다는 생각에 사로잡힌 스코티는 그녀를 품에 안고 키스한다. 마침내 그들은 하나가 되었다. 그러고 나서 스코티는 천 가지 속임수의 오디세우스처럼 베 짜는 여인 미지에게 돌아간다. 미지가 술을 권하자 스코티는 받아들인다. 드디어 매들린의 입술을 맛보았으니 자신이 이 한 모금을 누릴 자격이 있다고 생각한 걸까. 그러나 벌은 지체 없이 떨어진다. 스코티는 미지가 그린 매들린/카를로타의 초상을 보고, 갈증을 말끔히 해소한다. 그러고는 술잔을 내려놓은 후 고개를 숙이고 가 버린다. 다음 장면에서 스코티는 자기 집 소파에서 옷을 다 입은 채로 깨어난다. 낮은 탁자에는 빈 잔이 놓여 있다. 그때 매들린이 새로운 환각을 겪은 후 미친 사람처럼 흥분하여 그의 집에 들이닥친다. 여러분 생각에는 스코티가 어떻게 할 것 같은가? 그렇다, 어김없이 그렇게 되고 만다. 스코티는 곧잘 브랜디를 한 잔 권하면서 이건 그냥 약 같은 거라고 말한다. 히치콕의 연출이 노골적이라고 말할 수는 없다. 매들린은 입술을 술에 담그자마자 목이 막혀 기침을 해 댄다. 이제 너무 늦었다. 이제 피할 수 없다. 그들은 함께 수도원에 가고 저 유명한 계단 장면과 심란한 카메라워크로 이어진다. 한없이 늘어지는 만취의 카메라워크는 추락으로 이어질 수밖에 없다. 그것이 모의된 추락일지라도. 매들린은 떨어진다. 두 매들린이 떨어진다. 비명을 지르지 않고 떨어지는 매들린과 비명을 지르지만 떨어지지 않는 매들린이 있다. 각자 자기만의 추락을 한다. 하나는 물리적 추락이고, 다른 하나는 정신적 추락이다. 하나의 실패가 다른 실패를 좇아낸다. 재발은 다른 곳에서 일어나고야 만다.

그리하여 스코티는 시작점에 돌아와 있다. 다른 사람들이 그 대신 희생된 것 같고, 그를 대신해 추락한 것 같고, 그를 대신해 죽은 것 같고, 그가 했어야 한 실패를 대신한 것 같다. 이제 그는 내면 깊은 곳에서부터, 빈 술잔의 바닥에서, 그들을 따라 할 수밖에 없다. 스코티는 정신병동에 수용되었고 침묵에 빠져들었으니까. 그는 입을 열지 않는다. 입을 연다는 것이 얼마나 위험한지 이제 깨달았기 때문이다. 거짓말을 뱉기 위해서든, 술을 강물처럼 들이마시기 위해서든, 입은 열면 안 되는 거다. 몇 달인지 몇 년인지 모를 시간이 흐른다. 마침내 스코티는 침묵의 은둔 생활에서 벗어났지만, 매들린을 보았던 장소들을 둘러보는 일로 시간을 보낸다. 그는 도처에서 그녀의 모습을 본다. 어니스에서 바에 팔을 괴고 앉아 있을 때도 그녀를 본다. 그는 스카치와 소다를 주문하지만 마시지 않는다. 그의 벌은 끝나지 않는 듯 보인다. 그가 져야 할 바위는 세상의 죄책감 전부보다 무거운 술잔이다. 어느 화창한 날, 고통 뒤에 반드시 기쁨이 찾아오듯, 그는 주디, 다름 아닌 가짜 매들린과 마주친다. 다시 한번 여러분에게 스코티가 어떻게 할 것 같은지 묻는다. 그는 주디를 식사에 초대한다. 자신이 밥을 사겠다고 하는데, 이는 한잔하자는 말을 조심스럽게 돌려 하는 것과 마찬가지다. 이어지는 장면에서 주디는 포도주 잔에 담긴 물을 천천히 마신다. 주디는 스코티의 이런저런 요구에 시달리고, 매들린과 똑같은 옷을 입도록 강요당하고, 그야말로 막장까지 내몰린다. 여기서 더 내몰리면 술을 마시든가 뛰어내리거나 둘 중 하나밖에 없다. 주디는 열매가 너무 많이 매달린 가지처럼 부러지고 만다. 그녀는 단두대에 목을 들이밀 듯이 스코티의 책상에 머리를 내려놓는다. 스코티는 때가 왔음을 느낀다. 그는 술을 한 잔 따라주고 단숨에 들이켜라고 말한다. 그리고 그 표현을 똑같이 써먹는다. "그냥 약 같은 거예요(Just like medicine)." 하지만 주디는 그 잔에 손도 대지 않는다. 그녀에게는 호되게 꾸짖어야 할 다른 실패들이 있으므로.

결말은 (거의) 다들 아는 대로다. 이제 매듭을 지어야 할 때, 추락을 추락으로 갈무리해야 할 때, 술은 잔에 따르고 비밀은 가슴에 담아야 할 때다. 매들린은 다시 한번 자기를 희생해야 한다. 지하 세계, 아무도 돌아올 수 없는 지옥으로 떨어져야 한다. 히치콕이 채택하지 않은 다른 결말에서 스코티는 또다시 자신의 페넬로페 미지에게 돌아간다. 그들은 아무 말도 하지 않고 어떤 얘기도 털어놓지 않는다. 이미 한 잔을 마신 미지는 천천히 잔을 채운 후 스코티에게 내민다. 스코티는 그 잔을 받아 카메라를 등지고 마신다. 관객은 그가 그 잔을 비우는 것으로 짐작한다. 침묵은 완전하고 압도적이다. 라디오를 듣고 있던 미지는 스코티가 도착하는 소리를 듣고 수신기를 끈다. 그녀는 스코티를 곁에 두는 유일한 방법은 침묵하고 함께 술을 마시는 것뿐이라는 것을 알고 있지만 그와 거리를 둔다. 미지는 멀찍이 앉아서 스코티가 고독하게 술 마시는 모습을 지켜보기만 한다. 별이 빛나는 하늘이 땅으로 무너져 내리는 것 같은 샌프란시스코의 전경 앞에서 스코티는 이보다 더 고독한 적이 없었다. 이제 환상을 품을 일은 없다.

그러나 히치콕은 이 시퀀스를 남기지 않고 스코티가 종탑 가장자리에서 당장 뛰어내릴 듯이 팔을 살짝 벌리고 있는 컷으로 영화를 마무리했다. 비록 우리는 그가 뛰어내리지 않을 것이라고 알고 있지만 말이다. 그는 이미 죽은 사람인데 뭐하러 뛰어내리겠는가? 술이나 한 잔, 아니 두 잔, 석 잔, 그리고 계속 마시는 편이 낫지. 스코티는 폭력 행사 없이 달콤한 술기운의 밤에 들어가기만 하면 된다. 음주의 실패를 실패하기만 하면 된다.

여자는 온몸을 떨고 있었고, 그 떨림에서 힘을 얻는 것 같기도 했다. 어쩌면 떨림을 맞아들이고 그것이 무람없이 굴도록 내버려두면서 모종의 관능을 느꼈는지도 모르겠다. 나는 본의 아니게, 내가 맡은 죽음의 임무에도 불구하고, 그 장면에 매혹되었다. 모로 영감이 잔인하리만치 평온하게 깜부기불을 뒤지는 동안, 벌써 나의 비겁자의 머리가 난롯불에서 타닥타닥 타 들어가는 소리가 들리는 듯했다. 터지는 눈, 녹아내리다가 찌그러지는 입술, 완전히 타버린 속눈썹, 뒤집힌 코, 천천히 익다가 부서지고 떨어져 나가는 골. 나는 차라리 내가 건너야 했던 다리, 그 다리를 건설한 인부들을 생각하는 편이 좋았다. 말수는 적고 손가락은 민활하며 힘과 장력을 잘 아는 동료들, 말이 좀 더 많고 손이 다 벗겨지고 비슷한 시선을 지닌 석공들. 그들은 언젠가 어떤 이가 그들의 작품을 자기 머리통을 깨부수는 용도로 사용할 거라 생각이나 했을까? 밀 이삭의 그늘 아래 추수가 한창일 때, 심심하다고 주리를 틀던 아이들이 탈곡기에 사고를 당할 줄이야 부모들이 생각이나 했을까?

나는 눈을 들었지만 꿈쩍도 하지 않았다. 그녀를 보았다. 나는 그녀 안에서 결심이 움직이고, 그녀를 떠밀기도 하고 붙잡기도 하는 것을 짐작했다. 부동의 실루엣에서 느껴지는 긴장으로 그리 짐작했다. 그 실루엣 위에서 석양의 마지막 빛이 금색, 붉은색, 머물러 주기를 바라기에는 너무 어두운 색으로 변해 가면서 춤을 추었다. 해가 금세 밋밋하게 넘어가고 이제 아무것도 남지 않았다. 끝을 내겠다는 생각이 불현듯 머릿속에서 태어났는데, 그 생각이 몸에 이르러 우물쭈물했으리라 짐작했다. 생각을 그렇게 후딱 몸으로 떠넘길 수는 없는 노릇이니 말이다. 그랬으면 얼마나 쉽겠는가. 아니다, 일단 계산서부터 제시해야 한다. 어떻게 생각하는지, 어떻게 타개할 것인지, 어떻게 위험한 패를 버릴 것인지 봐야 한다. 그런 것이다. 아무리 어두운 생각이라도 모든 것을 파괴할 수는 없다. 생각이 굳게 무장한 팔로 변모하고 그것의 타당성을 우리의 존재로 납득해야만 한다. 이때 생각이 벌들의 분봉처럼 갈래를 뻗고, 독처럼 퍼지고, 근육이 되는 것은 우리의 결정에 달렸다. 그건 내가 이해할 수 있는 것이었다.

여자의 옷은 꾀죄죄하고 너절하고 몸에 잘 맞지 않았다. 돌다리의 난간이 그녀의 무릎보다 높았다. 머리칼은 태양에 잊힌 밀짚 같으면서도 축축하니 떡 진 채 이마에 달라붙어 있었다. 내가 그리 좋아하지 않는 광경이었다. 그 모습을 보고 슬퍼졌는데, 나는 슬퍼할 시간이 없었다. 내가 나름대로 견해를 수립한바, 죽고 싶어 하는 사람들은 쇼를 해야만 한다고 생각하는 것 같다. 무대 배경이 필요하고 그들의 감각을 연출해야 한다는 생각을 그들의 의지로는 떨칠 수 없다. 현기증, 질식, 불에 타는 느낌부터 장면화하고 그 후에 비로소 뛰어내리거나 목을 매거나 분신을 하거나 기타 등등을 하는 것이다. 더 잘 사라지기 위해 드러내기. 사실은 아무도 산 채로 묻히기 위해 한밤중에 맨손으로 나서지 않는다. 그건 너무 오래 걸리고 너무 지루한 일이 될 테니까. 어쩌다 관객들이 생긴다 해도 그들은 금세 등불을 끄고 다른 재미를 찾아가 버릴 것이다. 변사체가 되기를 희망하는 자들은 분위기, 공간, 카니발의 어스름한 석양을 원한다. 이 모든 생각이 마구잡이로 일어났지만, 오직 분노만이 나의 생각을, 그 생각의 빈곤을, 늦어 버릴지도 모른다는 두려움을 지배했다. 우리의 생각이 순전히 불만에 의한 생각일 때가 얼마나 많은지, 참으로 유감스럽다.

내가 그리 결정했으니 넌 그 일을 해야 할 게야, 모로 영감이 자기 집에서 나를 쫓아내기 전에 마지막으로 한 말이다. 하지만 그녀가 최종적으로 이런 행동을 하게끔 떠민 자는 누구인가? 이 여자를 이 다리로 데려온 자는 누구인가? 그녀의 내면에서, 그녀의 곁에서 귀에다 대고 혹은 날카로운 눈빛을 쏘아 이 명령을 내린 자는 누구인가? 나는 그 여자의 나이를 좀체 가늠할 수 없었다. 아마도 이제 곧 죽는다는 생각이 그녀를 이미 늙고 닳아빠지고 부서지게 한 듯했다. 그렇지만 나는 한편으로 그녀 안에 아직 일말의 청춘이, 약간의 어린 시절이 남아 있다는 인상도 받았다. 잔뜩 겁에 질린 채, 내가 지금 여기서 뭘 하는 거지, 라고 생각하는 것 같기도 했다. 어쩌면 끝을 내겠다는 의지가 기진맥진해 더는 버틸 수 없는 이에게 순수의 냄새, 운 좋은 위기 모면을 깨닫게 하는지도 모르겠다. 어쩌면 그녀 안의 어린 아이가 원래는 이렇게 죽을 계획이 아니었다고, 말라붙은 강바닥에 깨지고 부서진 몸뚱이로 끝날 건 아니었다고 일깨워 주었는지도. 이 모든 생각이 나의 뇌리를 스치고 지나가면서 나의 움직임이 굼떠졌다. 아니, 어쩌면 내가 굼떠진 탓에 그 생각들을 정말로 몰아내지 못했는지도 모른다.

갑자기 배고픔이 사라졌다. 나는 그녀를 바라보는 나 자신을 보고 생각했다. 너 그게 쉬운 줄 알지, 어림없는 소리, 언제나 더 올라가야 할 한 칸, 혹은 더 내려가야 할 한 칸이 있거든, 어디 두고 봐, 그 위에 발을 올려놓지 않는 한 넌 절대로 몰라. 그때 그녀의 손바닥이 돌을 누르고, 정사를 나누는 중에 쾌락을 지연시키기 위해 몸을 살짝 뺄 때처럼 엉덩이가 가볍게 들리는 것을 보았다. 그녀가 뛰어내리려는 찰나였다. 너무 늦어 버렸다.

나는 소리를 질렀다. 뭐라고 소리 질렀는지는 모르지만 뭔가를, 아마도 단어라고 할 수 없을 단어를, 그녀가 알아차릴 수 있도록 — 도대체 뭘 알아차린다는 건지? 나도 모르겠다 — 내질렀다. 나의 외침이 어디서 출발했는지, 심지어 그 외침이 여전히 내게 속한 것인지조차 알 수 없었다. 가족이 생각났다. 습관으로 인해 내 사람들이라고 부르는 그들은 지금쯤 무너져 있을 것이다. 아이들은 한쪽에서 이미 꿈나라에 가 있고 애들 엄마는 쉬지도 않고 홀짝홀짝 마셔 대고 있을 테지. 그리고 그들 사이에서 시간은 차갑게 식어 가고 있을 터였다. 여자는 떨어질 뻔했다. 그럴 뻔했다, 의도적으로……. 어쨌거나 그 미묘한 낌새가 1초가 다르게, 마치 나귀 가죽*처럼, 괴로움chagrin 자체처럼 쪼그라들고 있었다. 그녀는 아직도 충격에 사로잡혔나 보다, 누가 알겠는가. 그녀가 내게 시선을 돌렸지만, 그 시선은 나한테까지 도달하지 않았다. 갑자기 새들이 떼 지어 도시를 쓸고 가더니 빙그르르 선회하고 지그재그로 날아갔다. 새 떼는 사이프러스 한 그루를 돌아 종탑을 향해 날아가더니 뒤로 우회한 다음 키 작은 덤불에 처박힐 듯 빠르게 돌아왔다가 다시 하늘과 키 큰 솔숲을 향해 솟아오르

* peau de chagrin. 발자크의 소설에서 나귀 가죽은 그것을 가진 자의 소원을 들어주는 대신 수명을 갉아먹는다. 소원이 이루어질 때마다 가죽은 점점 줄어들고 가죽이 완전히 없어질 때면 그것을 가진 자는 죽게 된다. (옮긴이)

고 공고한 밤, 숲의 밤 속으로 사라졌다. 아주 잠깐의 일이었지만 주의를 흐트러뜨리기에는 충분했다. 찢어졌으면 싶은 것이 찢어진 것 같은 그 짧은 순간, 이미 세상이 자르기 시작한 옷감이 다른 것을 계시했다. 우리는, 그녀와 나는, 이것을 보고 들었다. 나는 미약한 끈이 팽팽하게 당겨졌구나 생각했다. 어이할거나, 비록 그러한 공유가 우리를 더욱 의연하거나 가치 있게 만들어 주지 않는다는 것은 알고 있었지만 말이다. 그건 단지 환상, 우리가 아직도 인간 조건에 속해 있다는 착각의 방식이다.

새 떼가 떠나고 나자, 마치 찌르레기가 마지막으로 이곳을 떠난 것처럼 그녀와 나 말고는 세상에 아무도 남지 않은 것 같았다. 어디로 갈지, 바람의 방향이 언제 바뀔지 아는 새보다 좀 더 오래 살기를 바란다는 것이 좀 바보 같았다. 나의 믿음, 아니 나의 상상으로는 그랬다. 그러고 나서 내가 실제로 존재할 수도 있다고 믿었던 끈이 끊어졌다. 나는 새들의 선회가 그 끈을 공고히 해주기는커녕 그녀에게 끝낼 때라는 확신을 주었구나 생각했다. 우리는 은총을 거부당할수록 쥐구멍에라도 들어가고 싶고, 찌그러지고 싶고, 어디 가서 확 짜부라지고 싶다. 어디인지는 중요하지 않다. 우리는 흔적을 남기지 않는다는 것을 안다. 아니, 우리는 흔적에 지나지 않겠지만 비가 내리고 태양이 내리쬐면 끝이다. 뭐가 달라졌는지 구분도 안 가는 그림자의 그림자, 그걸로 안녕이다.

나의 작은 아버지인지 작은 할아버지인지, 하여간 모두가 '통통tonton(아저씨)'이라고 부른 분은 자살했다. 자식들조차도 '통통'이라고 불렀다는데, 그 이유야 나도 알 도리가 없다. 하여간 아저씨는 자기 헛간 앞에서 목을 매달아 죽은 채 그다음 날, 발은 소젖 짤 때 쓰는 간이의자 10센티미터 위에서 대롱거리고, 얼굴은 뒤틀리고, 혀는 숯처럼 시커메지고, 눈알은 다 튀어나온 모습으로 발견됐다. 하지만 아무도 그를 위해 눈물 한 방울 흘리지 않았다. 갑자기 모두가 그 사람이 감히 반박할 수 없는 인간쓰레기라는 사실을 기억했다. 모두가 속내를 털어놓거나 슬그머니 중얼거리면서, 그 아저씨는 싱그러운 육체라면 환장을 했고 그의 마지막 발기는 실익도 없고 쓸 데도 없는 일이었다는 말을 흘리고 다녔다. 나는 자살하는 사람들에게 그럴 만한 이유가 있을 거라는 결론을 냈다. 그래서 내가 보기에 이 여자는 분명히 청산해야 할 것이 있었고, 누군가에게 방해를 받고 싶은 마음이나 그래야 할 필요가 없었다.

숲속으로 들어가기 위해서는 그 다리를 건너야만 했다. 보이지 않는 이가 연주하는 음악처럼 어둠이 사방에서 올라오고 있었다. 나에게는 해야 할 일이, 아니 해체해야 할 일이 있었다. 나는 결정을 내리기를 싫어한다. 나는 늘 우리의 선택은 유도된 것이라고, 누군가가 우리 대신 이미 결정을 내린다고, 우리에게는 단지 자유의지의 연극을 흉내 낼 것만을 요구하는 것 같다고 느꼈다. 주사위에서는 여섯 개의 면이 있다. 그러나 우리에게는 앞면과 뒷면만 있다. 네가 알아서 해라, 네가 발부터 떨어질지 머리부터 떨어질지는 두고 보면 알 것이다. 그 여자는 나를 훼방 놓았고, 나는 그녀를 훼방 놓았다. 그녀와 나는 그 상태로 머무는 편이 더 나았다.

9
대천사의 회초리, 고르차코프의 촛불

알다시피, 읽기를 배우기까지는 수많은 함정이 도사리고 있다. 어릴 적 우리는 어려움에 부딪혔고buter, 더듬거리면서 글자를 읽었다. 우리 안에서 말 더듬기가 주문으로 깨어났다. 모든 것이 주름과 매듭에 지나지 않았다. 바람에 — 무슨 바람? — 닫히는 문짝에 손가락이 끼듯이 두 문자 사이로 우리의 시선이 비집고 들어간다. 'buter(부딪히다)' 동사에는 마침 매혹적인 어원이 있다. 이 동사는 고대 프랑스어 'buter(밀다, 때리다)'에서 나왔는데, 'bouter(죽이다, 죽게 하다)'라는 매우 공격적 의미를 지닌 단어의 변형이다. 그렇다, 읽기는 작은 죽음들을 경험하는 것이다. 다만 무능한 우리의 눈앞에서 우리가 읽고 있는 텍스트뿐만 아니라 우리 자신도 조금씩 죽어 간다. 읽기는 우리를 비틀거리게 한다. 우리는 우리에게 잡히지 않는 단어, 문장 구조, 의미에 부딪혀 비틀거리고 그러면서 찰과상을 입지 않는다면 그게 기적일 것이다. 브누아 카사스의 시를 들어 보라.

> 난관은
>
> 또 다른 난관으로만
>
> 해결될 수 있고
>
> 그 다른 난관에는
>
> 정면으로
>
> 맞서야 한다.*

읽기를 배우는 것과 읽을 줄 안다는 것은 완전히 다른 문제, 말하자면 극과 극이다. 전자는 배움이기 때문에 끝이 없다. 후자는 완벽을 추구하지만 허상일 뿐이다. 이것이야말로 문학이 주는 교훈이다. 문학이 제공하는 경험의 다수성 때문이다. 아니, 교훈 그 이상, 호되게 갈기는 따귀라고 하자. "나는 읽을 줄 알아." 이런 말을 절대로 하지 말

* Benoit Casas, *Combine*, NOUS, 2023.

아야 할 성싶다. 그렇다, 누가 감히 그렇게 주장하면서 자크 뒤팽의 이 시를 해독할 수 있을까? "얼어붙은 심장 너머, 약간씩 간격을 두고 엇갈려 쓴 글." 이게 무슨 말인가? 나는 이 시를 읽는 법만 배울 수 있고, 시는 그냥 자체적으로 존재한다. 나는 이 시를 읽으면서 내가 읽을 줄 모른다는 사실을 발견하고 깨닫는다. 나는 나를 만나러 오는 것, 내게 닥치는 것을 여전히 읽을 줄 모른다. 이것이 시의 아주 위협적인 장점 중 하나다. 우리를 다시 한번 텍스트에 부딪히는 어린아이로 돌아가게 한다는 것.

읽기의 배움이라는 수수께끼에 대하여 미셸 레리스처럼 거의 신화적 차원을 전개하고 탐색했던 사람이 누가 있을까? 문자들의 부대를 해독해야 할 임무를 진 자는 그 차원으로 파고든다. 그렇다, 문자들은 암호화되어 있다. 한 자 한 자에 잠금장치를 풀기 위한 비밀번호가 걸려 있는 것처럼. 하지만 문자들이 서로 합쳐지면 우리가 결코 이길 수 없는 지옥의 기계가 되기 때문에, 문자가 고립되어 있을 때에만 그렇다. (모든 것이 짜여진) '게임의 법칙'의 첫 권 『삭제』*에서 레리스는 끊임없이 자기와 세계 사이의 이 분

* Michel Leiris, *Biffures*, Gallimard, 1948.

열로 돌아온다. 언어는 역설적이게도 이 분열을 메우면서 증폭한다.

> (…) 초등학교 담임선생님이라는 세속의 대천사의 준엄한 감독하에, 나는 이 가혹한 자아의 정복에 착수했다. 자아는 먼저 사물을 명명하는 기술을 발전시켜야만 했다. 나는 순수한 열심을 내느라 인쇄된 것을 식별하는 법으로써 배우는 단어 하나하나가 — 내가 그것들에 실질적 지배력을 좀 더 잘 행사하게 하는 수단인 동시에 — 잉크의 무리라는 것을, 혹은 그것들을 주위에 맡기고 나라는 중심점에 대한 각각의 위치를 (…) 결정함으로써, 서로 고립시켜야 할 뿐 아니라 나하고도 분리해야 하는 도랑이라는 것을 몰랐다.

하지만 읽기는 자아가 되고자 하는 그 중심점을 흔들어 놓을 수 있다고, 심지어 융해해 버릴 수 있다고 자부한다. 내 눈이 읽는 모든 언표énoncé는 나를 세상과 연결하는 동시에 세상으로부터 분리한다. 나는 현실이 단어들 아래, 마치 이끼로 뒤덮인 돌처럼 숨어 있다고 믿었건만, 기실 단어들은 현실을 변형하고 추방하고 부정함으로써 미화한다. 내가 "이 문장이 나에게서 빠져나간다cette phrase m'échappe"라고 말한다면, 그건 내가 이 문장의 의미에서 벗어났다는 뜻이요, 그것은 나를 주기를 알지 못하는 어떤 밤으로 보낸다는 뜻이다. 감각은 결코 안정적이지 않고 그 불안정성 덕분에 우리는 비틀거리면서 우리 자신의 무능을 온전히 가늠할 수 있다. Ça tombe sous le sens(그것이 의미 아래로 떨어진다, '그것은 자명하다'라는 관용 표현). 이 표현이 말하지 않는 것은 오직 그 반대의 것만이 사실이라는 것이다. 의미는 우리 아래에 떨어진다. 의미는 도망간다. 지뢰가 깔린 땅. 미끄러운 땅. 읽기는 의미의 포착이기 전에 읽기 자체에 대한 배움이다. 나는 읽기를 배운다기보다는 읽기의 (파열된) 행간을 읽는 법을 배운다.

페렉의 『실종』의 도입부 몇 줄을 읽어 본다.

> 추기경 세 명, 랍비 한 명, 프리메이슨 제독 한 명, 앵글로색슨계 재벌을 기쁘게 하고자 놀아나는 기회주의적 정치꾼 삼인조가 라디오와 플래카드를 통해 국민들이 기아로 죽을 위험에 처했다고 알렸다.*

나는 무엇을 읽고 있는가? 아니, 나는 무엇을 읽고 있

* Georges Perec, *La Disparition*, Denoël, 1969.

지 않은가? 나는 재미있는 이야기의 도입부를 마주하고 있는가, 아니면 재앙의 이면을 보고 있는가? 기아inanition라는 단어에서 나는 무엇을 들어야 하는가? 무엇이 내 눈에 확 들어오고 무엇이 내 눈앞에서 사라졌는가? 문장에는 항상 뭔가 빠진 것이 있다. 그것은 의미의 조각이 아니라 내가 읽는 언표를 잘 지탱해 주고, 그로써 내가 의지하고 균형을 잡게 해 주는 일관성 — 접착제, 풀 — 이다. 페렉의 이 첫 구절에서 잘못된 건 전혀 없다. 그렇지만 이상한 소리가 울림을 변화시킨다. 하지만 익히 아는 사실이 있지 않은가. 페렉의 『실종』은 처음부터 끝까지 문자 e가 한 번도 나오지 않는 소설이다. 하지만 나는 지워질 수밖에 없었던 그것을 되찾기 위해 속으로 각각의 단어를 해석하면서, 순전히 암호 해독의 정신으로만 텍스트를 읽을 수 없다. 나는 그 지워짐에도 불구하고 읽어야 하고, 그 지워짐과 더불어 그 거짓 존재의 허깨비 같은 진동을 통하여 읽어야 한다. 기본 요소/영양소를 박탈당한 언어의 식이요법에서 비롯된 기아에도 불구하고, 바로 그 기아에 힘입어, 읽어야 한다.

나는 읽을 줄 모른다. 이 사실은 끊임없이 나를 겁주기도 하고 기쁘게 하기도 할 의무가 있다. 읽기에서의 실패란 『실종』에 물을 대는 이 보이지 않는 e와 같고, 중심은 어디에나 있으나 둘레는 아무 데도 없는 파스칼의 신과 같으며, 소네트의 DNA에 신경을 분포시키는 말라르메의 프틱스*와도 같다. 읽을 줄 모른다는 실패의 한복판에서, 나는 읽는다.

"우리가 자습실에서 공부하고 있을 때 교장이 들어왔다……"라는 『보바리 부인』의 도입부를 읽을 때는 내가 이 "우리"를 아직 읽을 줄 모른다는 것을 몰랐다. 나는 "우리"를 읽을 줄 안다고 생각한 것 같다. 여기서 "우리"는 교장이 들어오기 전후에 자습실에 모여 있던 학생들 전부다. 하지만 "우리"라고 말하는 이 화자는 누구인가? 당연히 나일 것이다. 그러나 이 나는 '나'라고 말하는 것을 스스로 금한다. 구분될 듯 말 듯한 파도처럼 애매하기 그지없는 '우리'에 묻혀 가기를 택했다고나 할까. 익명의 나는 역시 익명이기는 마찬가지인 우리에 녹아 있다. 반면, 소설의 제목

* ptix. 스테판 말라르메의 「-yx 각운의 소네트Sonnet en -yx」에서 사용한 낱말로, 주름(pli)을 의미하는 그리스어에서 유래한 것으로 보이지만 그 의미는 시인 자신도 알지 못했다. 프랑스어를 통틀어 말라르메의 이 소네트에만 딱 한 번 등장한 단어이기도 하다. (옮긴이)

은 이름, 하나의 고유명사다. 따라서 이 나는 불안정하고 어렴풋하며 특정되지 않으며, 첫 번째 장이 전개되는 동안 점진적으로 사라지고 일반 주어 'on' 속으로 흡수되다가 완전히 없어지기에 이른다. 그다음부터는 전형적인 3인칭 시점의 서술이 이어지고 그들과 그녀들, 겁쟁이 샤를이라는 그, 비상한 인간 오메라는 그, 에마라는 예민한 그녀가 존재할 뿐이다. 나는 이 첫 장을 읽으면서 내가 이 "우리"에 대해 여전히 모르고 있었음을 깨달았다. "우리"의 재질은 유령처럼 허상적이지만 소설의 중심인물들 중 한 명을 소개할 정도로 건실하면서도 그 중심인물이 구체화되는 동안 슬그머니 사라질 만큼 휘발성이 강하다는 것을 그때는 몰랐다. 이 "우리"는 내가 처음에 생각했던 것 같은 우리가 아니었다. "우리는" 함정이고, 나는 거기에 보기 좋게 걸려들었다. "우리"는 자습실에 모여 있던 로제 선생의 학생들이 아니라 나였다. 나는 텍스트를 파악하는 중에 있지만, 이 도입부를 통해 주고자 했던 재미있는 가르침을 내가 잘 따라오는지 확인하고 싶었던 플로베르의 문장에 의해 파악당하고 있다. 그림자이자 먹잇감인 나는 첫걸음부터 그르칠 뻔했다. 나는 한 수 배우게 될 것이다. 그것이 이 책이 내 얼굴에 들이미는 도전 과제이니만큼, 잘된 일이기도 하다.

하지만 내가 읽을 줄 모른다고 인정해야만 한다면 나의 읽기 경험은 어떻게 생각하고 살아 낼 수 있는가? 게다가 내가 읽을 줄 모른다는 사실을 끊임없이, 심지어 절묘하게 일깨워 주는 과정에서 어떻게 즐거움을(혹은 고통을) 얻을 수 있는가? 이 과정은 내게 일깨워 준다. 오디세우스가 이 섬 저 섬을 전전하듯 나는 실패를 전전한다고, 나는 결코 에드거 앨런 포의 맨틀피스 위에 놓여 있는 도둑맞은 편지lettre를 보지 못할 거라고, 페렉의 소설 도입부에서 지워진 문자lettre를 보지 못할 거라고, 나는 당황스러울 정도로 일관성 있게 이해에 실패할 것이라고. 가령 나는 이런 의문을 품을지도 모른다. 『잃어버린 시간을 찾아서』의 화자가 일찌감치 잠자리에 들곤 했던 근본적인 이유가 무엇이었을까? 모든 것이 내 눈에는 당연해 보이고 지체 없이 들어맞는다. 어쨌든 나는 읽을 줄 알고 알파벳을 다 떼었다. 나는 눈도 깜박하지 않고 아니, 오랫동안 일찍 잠자리에 들 수도 있지, 그게 뭐 놀랄 일인가, 할 수도 있다. 심지어 마르셀의 세세한 생각을 읽고 또 읽다가 그를 모방하려는 마음을 먹을 수도 있다. 그러나 멈추지 않고 나아가는 것이 능사는 아니다. 여기서 나의 실패는 헛발질이 아니라 유연한 움직임에 있다. 나는 범상치 않은 것, 엄청난 것을 발견하지 못한 채 그냥 문장을 읽은 것이다. 그렇지만 걱정할 수도 있을 것이다. 이 단어들이 말하는 척하는 것 말고 다른 것을 읽어 내야 하는 거 아닌가? 오랫동안 잠자리에 들었다고? 일찍부터? 아니, 왜 책을 펼치자마자 저녁이지? 너무 꾸물거리지 않고 일찍 잠자리에 들어야 한다면 수면 외의 다른 목적이 있나? 일찍 일어나기 위해서? 하지만 일찍 자면 뭐가 좋은데? 더욱이 "30분이 지나면 이제 잠을 청해야 할 때라는 생각이 나를 깨우곤 했다"고 뻔히 아는 데도 오랫동안 그랬다고? 정말이지, 『잃어버린 시간을 찾아서』의 첫 장은 이상하다. 나는 — 여전히 — 읽을 줄 모르면서 읽는다. 나의 실패는 이중적이다. 나는 읽을 줄 모를 뿐 아니라 앞에서도 말했듯이 내가 읽을 줄 모른다는 사실을 아직도 모르기 때문이다. 그렇지만 실마리는 있다. 단어들이 — 마치 누구나 볼 수 있는 자리에 버젓이 놓여 있는 도둑맞은 편지처럼 — 그것을 증명한다. 프루스트의 작품 제목에 이미 존재하는 단어들 말이다. '시간temps'이라는 단어, '찾다chercher'라는 단어. 고로 나는 프루스트를 읽지 않는 한에서 프루스트를 읽을 줄 모른다.

그리고 이 언표가 과연 자명한지는 그렇게까지 확실하지 않다.

내가 읽기에 실패한다면 그건 볼테르의 잘못도 아니고, 루소의 잘못도 아니다. 그냥 나 혼자 오독의 강에 빠진 것이다. 그리고 그게 훨씬 낫다. 읽기를 '다시' 배운다는 것, 그것은 나를 다른 언어와 분리하는 어둠의 강을 건너는 법을 배워야 한다는 것이니까. 나는 반대쪽 강변에 있다. 나는 단어들이 왜곡되고 닳아빠지고 짓밟히고 관용적으로만 해석되는 줄 아는 채로 오가는 고장에서 산다. 나를 둘러싼 세상은 언제나 왁자지껄하고, 그곳에서는 선전 문구와 정치 구호가 난무한다. 나는 쉴 새 없이 의미의 침식과 변장을 목도한다. 거리가 시시각각 말을 재발명해 봤자 소용없다. 내 귀에는 거짓된 빛, 가짜 명쾌함으로 사방을 채우는 공허한 말밖에 들리지 않는다. 나에게는 밤이 필요하다. 언어의 밤, 그 진위를 알 수 없는 진실, 그 격렬한 애매성, 불균형에 대한 그 밤의 가르침이 필요하다. 나는 단지 이야기되는 것으로는 만족할 수 없는 그것을 읽을 필요가 있다.

“나는 글을 쓰기 시작하면서 의미와 작별했다.” 시인 마티외 베네제의 이 문장은 체념의 고백이 아니다. 오히려 광기와의 친분이 다소 필요하지만, 현실이 부과하는 기성품 같은 의미에 만족하지 않게 해 주는 지혜의 가르침이다. 시인은 정도에서 벗어나려는 것이 아니라 달리 택한 길에서 다른 방식으로 의미를 관조하고자 한다. 마치 의미의 결핍을 경험하기 위해서는 먼저 의미에서 실패해야 한다고 말하는 듯하다. 그러므로 각각의 책은 그 자신의 사용 설명서다. 『실종』은 『실종』의 독본讀本이며, 오직 그 책에 대해서만 유효하다. 피에르 귀요타의 『50만 병사를 위한 무덤』*은 엑바타나 여행 안내서가 아니라 가장 최근의 폐허 속에 있는 새로운 문법서다. 클로드 시몽의 『파르살루스 전투*La Bataille de Pharsale*』는 테살리아에서 펼쳐지는 이야기가 아니다. 이 작품은 무엇보다 — 애너그램으로만 그런 것이 아니라 — 문장의 전투la bataille de la phrase다.** 시인 장 데브는 “말을 하면 입이 안쪽으로 휘어진다”라고 썼다. 읽기도 마찬가지다. 텍스트를 읽다 보면 — 이게 무슨 법

* Pierre Guyotat, *Tombeau pour cinq cent mille soldats*, Gallimard, 1967.

** Pharsale을 구성하는 문자들을 해체하여 재조합하면 la phrase가 된다. (옮긴이)

칙은 아니지만 — 놀라운 휘어짐을 계속 실행하지 않을 수 없다. 나는 왜가리가 물에 들어가듯 텍스트에 들어가지 않는다. 텍스트의 표면에 부딪치고, 모서리에 밀려나고, 텍스트의 그물에 말려든다. 이미 보았듯이 텍스트에는 저항하는 무언가가 있다. 더없이 자명해 보일 때조차도, 옛 아이가 시간의 잠자리에 일찍 들 때조차도. 장클로드 슈나이데르의 시를 보라.

돌 같은 말이 바닥에 떨어지네

때리지도 않고

자르지도 않고

명쾌한 돌이 벽과 몸을 통과하네

고통의 종을

흔드네

저마다

홀로

가장자리 없는 밤을 헤매네

자기 몫의 자갈 자루를 끌고서

그 숨 쉬는 돌들을*

읽기의 경험이란 무엇인가를 이해하려면 안드레이 타르콥스키의 영화 〈노스탤지어〉의 이 장면을 (다시) 봐야 한다. 9분에 달하는 롱테이크 시퀀스에서 고르차코프라는 인물은 도메니코에게 받은 짜리몽당 양초를 들고 물 없는 수영장의 한쪽 끝에서 다른 쪽 끝까지 횡단하려고 한다. 그는 초에 불붙인 후 촛불이 꺼지지 않게 조심조심 들고 간다. 그런데 금세 바람이 불어와 촛불이 꺼진다. 고르차코프는 출발점으로 돌아가서 다시 불붙이고 반대편으로 걸어간다. 그는 세 번이나 실패하지만 그때마다 원점에서 다시 시작한다. 그리하여 마침내 포기 직전까지 갔지만, 숨을 죽이고 살금살금 걸어서 성 카타리나 상 앞에 도달했을 때 그의 손바닥은 녹아내린 촛농에 덴다. 그리고 불꽃은 거의 남지도 않은 심지에 겨우 붙어 있다. 우리는 그때 비로소 우리도 내처 숨을 죽이고 있었음을 깨닫는다. 우리 안의 무언가가 중지되고 유예되어 있었다. 의미? 의

* Jean-Claude Schneider, *Recitatif en ruine*, Le Bruit du temps, 2021.

미의 의미? 이 장면은 희망이라는 교훈을 주는 것도, 인내라는 교훈을 주는 것도 아니다. 단지 하나의 경험이 된 횡단, 시간 속의 매몰, 시간의 무한히 작은 간격 속으로 들어가는 전에 없는 방식일 뿐.

꼬마 마르셀의 마술 환등기는 오래된 전설 속의 움직이는 이미지들만 비추는 게 아니라 "잡히지 않는 무지갯빛 벽들의 불투명성"을 대체한다. 환영에 불과한 것이 갑자기 현실에 착 달라붙는다. 이미지가 벽에 달라붙고 그 표면을 요구한다. 나는 내가 읽는 것을 세상의 구체적 얼굴에 내던진다. 그래야만 세상을 불투명성을 뒤흔들 수 있기 때문이다. 나는 실속 없는 화체보다 구원의 대체를 실행하기 원한다. 아니 에르노는 말한다.

> 나는 내가 늘 현실에서 문학의 기호들을 찾는다는 것을 알아차렸다.*

우리는 늘 이런 식으로 읽어야 한다. "저마다/ 홀로/ 가장자리 없는 밤을 헤매네."** 그렇다, 이런 식으로 시작해

* Annie Ernaux, *Journal du dehors*, Gallimard, 1993.

** Jean-Claude Schneider, *op. cit*.

야 할 것이다. 촛불이 몇 번이나 꺼진대도 별 수 없다. 그러지 않고서야 읽기의 무한한 시간을, 의미라는 제논의 화살을 어떻게 길들이겠는가? 고르차코프의 거북이 되기. 독자의 촛농 되기. 읽기와 쓰기는 지우개, 비누, 촛농이라는 세 가지 재료를 길들이는 연금술이 아닐까? 우리 딸에게 한번 물어봐야겠다.

알레한드라 피사르니크는 노래한다.

침묵의 태양에 불법으로 단어들은 금빛을 띠네.*

(이보다 더 잘 말할 수도, 더 나쁘게 말할 수도 없으리라.)

그늘 한 점 없고 기복은 완만하며 흠잡을 데 없이 매끄럽게만 읽히는 텍스트를 꿈꾸는 사람은 울퉁불퉁한 굴곡의 매력을 모르고 비틀거림의 기쁨도 놓친다. 텍스트의 변질되지 않는 에너지와 은밀한 난폭성을 이루는 것은 어둠으로 우리를 매혹하는, 텍스트 안의 영역들이다. 그 영역들, 그 맹점들을 만나면 우리 내면의 시각을 수정하지 않

* Alejandra Pizarnik, *OEuvres*, trad. Jacques Ancet, Ypsilon editeur, 2022.

을 수 없다.

우리가 부딪치고 쩔쩔매는 바로 그 지점에 신비가 도사리고 있다. 그 신비는 우리 안에서 실패의 가벼운 웃음소리가 울려 퍼지는 것을 들을 때에만 신비다. 우리는 스스로 명석하다고 생각했건만 멀리 있는 것만 잘 보는 원시遠視였다. 텍스트는 때때로, 난데없이 흐릿하다. 우리 눈에 보이는 단어 하나하나는 틀림없고 식별 가능한데도 말이다. 그 흐릿함이 기회다. 귀청이 떨어질 것 같은 음률, 도취의 춤. 스텝을 배우는 건 내 몫이다. 입 안에서 혀langue(언어)를 일곱 바퀴 돌리면 의미도 돌고, 돌고, 또 돈다. 회전목마처럼. 여기서 얼른 오렐리 폴리아의 반가운 도움에 의지하자. 시인은 「서정」이라는 놀라운 시에서 우리를 안심시킨다.

아마도 몇 페이지만이
다른 사람을 위해 차린 밥 같은,
여기저기서 그러모은 몇 줄을
지나가는 말처럼 전해 주리.*

* Aurelie Foglia, *Lirisme*, Editions Corti, 2022.

실제로 읽는다고는 하지만 읽지 않을 때가 더러 있다. 꽁꽁 얼어붙은 호수의 표면 아래 형체들이 지나가는 것만 보는 기분이 들 때가 있지 않은가. 우리에게 잡히지 않는 것, 손아귀 사이로 빠져나가는 것, 시선을 벗어나는 것, 말했지만 아무것도 말하지 않은 듯한 것, 너무 눈부셔서 눈을 멀게 하는 것, 우리를 너무 바짝 끌어당긴 나머지 더 이상 시야에 들어오지 않는 것, 부서지고 불완전해 보이는 것, 계속 흔들리기 때문에 우리가 만질 수 없는 것, 떨어지는 것, 붕괴되는 것. 그렇다, 의미는 결코 떡하니 주어지지 않는다. 의미는 때로 거부당하고 때로 부재한다. 그래도 우리는 여전히 페이지를 마주한다. 우리는 읽지 않을 수 없다. 이 책이 꾸는 꿈의 일부가 되고 싶으니까. 이 책의 비법들이 신비를 통해 살아남았으니까. 우리는 이해의 실패라는 성운에서부터 줄곧 호흡한다. 우리는 아연실색이라는 바탕에서 끝내 굽히지 않는다. 그 이유는 싸움이 여기서 벌어지기 때문이다. 우리는 말이 이해력의 세상을 버리고 떠났는지, 아니면 우리가 말의 마법에 공명하지 못하는 것인지 알고 싶다. 카프카의 말마따나 얼어붙은 바다를 깨는 도끼처럼 파고들기에 실패한 것은 페이지와 우리 가운데 어느 쪽인가.

하지만 우리는 고집불통이다. 세상은 우리에게 판에 박힌 말, 묘사에 대한 묘사, 슬로건, 충고, 확신을 꾸역꾸역 집어넣었다. 이제 우리는 자명한 이치들에 놀아나는 게 지겨운 나머지 의미의 벽에 세게 부딪치면서 남몰래 행복을 느낄 지경이다. 언어는, 절대로 자신을 다 내어주지 않은 우리 안의 이놈은 마치 타자가 저항하듯 우리에게 저항한다. 마침내 우리는 진위를 알 수 없는 언표들, 난공불락처럼 보이는 염불, 껍질이 벗겨진 단어들, 멸종된 동물의 척추처럼 연결된 문장들과 마주한다. 마침내 불분명한 것들이 거짓 명쾌함이 아니라 그 불분명함을 통해 우리에게 신호를 보내려 안간힘을 쓴다. 그것들을 이해하지 못하고 깊이 생각지 못한 것이 일종의 행운이다. 우리는 텍스트 속으로 '삼투하는percoler' 법을, 그 안에 서서히 스미는 법을 배워야 할 것이다. 벌거벗고 말 못 하던 아이 때처럼 더듬더듬, 시행착오를 거치며 읽는 법을 배워야 할 것이다.

C. G. 귀에 리코르에게 잠시 들렀다 가자.

> 내 사랑, 달랠 길 없는 사랑을 시작해 주오, 오/ 우리의 둘째 날을 구하는 이 책을 죽음으로 받아 주오, 오, 받으시오/ 그대를 이끄는 이 불안의 순간, 그 공허를 취하여 치유된다는 것

은, 오/ 그 중재의 별은 그대가 의미의 언어를 거부하는 중심이니/ 오, 치명적인 삶의 모습이여, 이 질문에 대한 존재의 거부가 아니라면/ 내가 그대에게 모방을 말하는 이 주목할 만한 떨림에 거하는 조건은/ 다른 대립절들이려나?*

무슨 말인지 도통 모르겠는데 이해할 것도 같다. 나의 내면의 전율을 "이 주목할 만한 떨림"에 맞추려고 노력한다. 폭발적으로 밀려드는 격정이 나를 불완전하게 내버려 둔다면 할 수 없다. 그러나 나를 꽁꽁 닫기보다 활짝 열어 준다면, 내가 채워야 할 공허 속에 유예해 놓는다면, 나를 규정하지 않은 채, 요컨대 자유롭게 재발명한다면 그건 잘된 일이다. 의미를 재창조하는 자유 말이다. 어쨌거나 『보바리 부인』의 첫머리의 "우리"를 이해하지 못하는 내가 귀에 리코르의 "중재의 별"에서 덜 헤맬 이유도 없지 않나? 모든 책은 새로운 음절 교본이다.

그래서 나는 기꺼이, 한 페이지 한 페이지 넘어가면서, 실패한다. 완전히 제로는 아니고 제논을 추종하는 거북이

* Christian Gabriel/le Guez Ricord, *Le Cantique qui est à Gabriel/le*, Le Bois d'Orion, 2005.

처럼 모든 행에서 하나하나 축적해 간다. 그렇지만 텍스트 앞에서 — 행 앞에서, 시구 앞에서, 페이지 앞에서 — 좌초할 때도 텍스트를 읽으면서 읽지 않는 때만큼은, 혹은 그 이상으로 배우는 바가 있다. 텍스트는 펜 가는 대로, 오직 나에게 말하고자 하는 목적으로 쓰인 것처럼 보인다. 베케트의 『이름 붙일 수 없는 자*L'Innommable*』의 문턱에서 경험한 실패는 경련의 어휘 전문가의 소설을 두 시간 만에 읽어 치울 때보다 더 많은 것을 가르쳐 준다. 노력을 떠받드는 말이 아니요, 어떤 소설은 지나치게 "지적"이라든가 지나치게 "까다롭다"고 주장하려는 것도 아니다. 저항하는 책 안에서 버티는 것도 의미가 단어들의 지평 너머로 저물어 버린 때에 황혼의 횡단을 경험하는 것이다. 그리고 그 단어들은 해넘이의 모든 색채를 복원할 책임을 진다[이 시적 은유는 클라로 사Claro Ltd.에서 제공합니다]. 의미의 황혼? 웃어넘길 수도 있다. 하지만 명쾌함이 무에 그리 중요한가. 할로겐 조명 같은 불가분의 노출과다 텍스트로 뭘 하겠다고? 의심의 무호흡보다는 암중모색으로라도 작동하는 편이 낫다[이 격언은 페일베터 사FailBetter Inc.가 제공합니다].

하나도 모르겠어. 손에 잡히질 않아. 이게 무슨 귀신 씨나락 까먹는 소리람. 의미가 전혀 없잖아. 작가가 알맹이 없는 말에 만족해도 되는 거야. 몇 번이나 다시 붙들었지만 결국 손들고 말았어. 안으로 들어가지지 않는걸. 뭐라도 잡혀야 말이지. 작가가 무슨 말을 하고 싶은 건지 모르겠어. 이건 내가 읽을 게 아니야. 나로선 이해하기 힘들어. 딱 부러지게 하는 말이 하나도 없잖아. 도대체 어쩌자는 건지 정말 모르겠어. 아무 말 대잔치야. 말이 안 된다고. 근거가 없잖아. 내가 바보가 된 기분이야. 어쩌면 나중에 다시 들여다볼지도. 지금은 이걸 어째야 할지 모르겠네. 붙잡고 있어 봤자 소용없어. 날 갖고 노는 것 같은 기분까지

든다고. 길을 잃었어. 이건 완전히 깜깜이야. 와닿는 말이 하나도 없어. 나는 이 책의 독자는 아닌 듯. 다시 읽어 봐도 소용없어. 아무것도 머리에 안 들어와. 혼란하다, 혼란해. 방 저쪽 구석에 홱 던져 버리고 싶구먼. 이건 꽉 막힌 책이야. 내가 뭔 짓을 해도 안 돼. 그래도, 모호하게나마 무슨 말을 하려는지 알 것 같기도 하고. 하여간 오리무중일세. 정말이지, 난해하기 짝이 없어. 자꾸 걸려 넘어진다고. 등장하는 단어마다 부딪히면 어쩌자는 거야. 나한테는 들어오질 않아. 무슨 짓을 해도 안 된다고. 이 사람은 우리한테 뭘 얘기하려는 걸까, 진짜? 이건 완전히 혼자 놀기 아님? 자기가 하는 말을 아는 사람이 자기밖에 없잖아. 너무 복잡해. 꼬여도 너무 꼬였어. 흥미가 일절 안 생겨. 말은 많은데 영양가는 없고. 자기만 즐거우면 다인가. 아니, 도대체 무슨 생각이 이 사람 머리를 스쳤을까? 보여 주기식이라는 생각밖에 안 들어. 자, 다들 놀라 봐라, 이런 거. 허세 끝판왕일세. 분량은 또 왜 이렇게 많아. 뭐, 그래도 이것저것 시도는 많이 했네. 내가 보기에 이건 문학이 아니야. 나는 여기서 포기. 더 나은 읽을거리가 쌓여 있다고. 시간만 버렸네. 깊이가 없는데 깊어 보이려고 물을 다 휘저어 흙탕물을 만들어 놨어. 아무 문제도 없는 데서 왜 문제를 찾는 거야. 문장도 진짜 괴이하다, 괴이해. 적당히 멈출 줄을 모르네. 터무니없어. 혼탁해. 형편없네. 이 뜻인지 저 뜻인지 모르겠어. 자기 글에 취해서 쓰는 작가야. 이 책은 불구대천의 원수에게도 추천하지 않을 테야. 나에게 이걸 빌려준 너에게 고맙다는 말은 죽어도 못하겠어. 진짜 할 말이 없어졌지 뭐야. 이 작가, 이런 유의 다른 책들도 썼어? 정말 애매모호의 극치야. 이런 책을 좋아하는 사람들도 있냐? 나한테 이건 문학이 아니야. 내 수준이 모자란 걸 수도 있어. 다른 책으로 넘어가고 싶어. 쓸데없이 길기는 더럽게 길더라. 지루해. 벽에 부딪힌 기분이야. 이제 다시는 안 속아. 골머리를 앓고 싶어 안달 난 사람이나 읽으라 해. 뭐가 이렇게 밑도 끝도 없냐고. 이제 그만!

추신: 병약한 아카데미 회원이 썼고 상도 받았다는 이 소설보다 차라리 『피네건의 경야』를 읽었더라면 난 더 좋았을 거야.

10
코듀로이에 싸인 후세

글쓰기에 전적으로(앞서 말했듯이 하루에 두 시간 가량……) 매달리는 사람은 인생에 장애물이 충분히 많기 때문에 그놈의 '죽고 나서 이름이 남을 거야', 다시 말해 후세에 대한 걱정까지 보너스로 떠안지는 않을 거라 생각할지도 모른다. 후세라는 복권을 지배하는 법칙은 보이지 않으며 편파적이기까지 하다. 어쩌겠는가, 그의 작품은 불멸까지 바라지 않더라도 — 불멸은 아카데미 회원들과 유독성 폐기물에만 허락된 것이므로 — 지극히 당연한 걱정을 면할 수 없을 것이다. 내가 죽은 후에도 작품이 읽힐까? 내 작품은 상찬받을 것인가, 잊힐 것인가? 내 책들이 남을 수 있을까? 내 이름이 인적 드문 마을의 막다른 골목에 붙는 날이 올 것인가? 나는 빛뿐 아니라 문체도 남길 수 있을까? 이론상으로 미래의 셰익스피어, 차세대 세비녜 부인은 마음이 쓰이지만 하찮기 짝이 없는 이런 걱정에 매달리지 않을 것 같다. 하지만 그들의 기업 특성상 생산품의 운명을 궁금해할 수밖에 없는 면이 있다. 회사가 없어져도 살아남는 상품은 되지 못하려나?

글을 쓰는 사람이라면 누구나 이런 식으로 자기를 의심할 이유를 만들어 낸다. 살아생전에 작가가 써 왔던 모든 것은 이미 제2의 삶처럼 느껴진다. 글쓰기의 시간은 충분히 은밀하고, 출간되어도 이목을 끌지 못하거나 진가를 인정받지 못하는 경우가 다반사다(작가는 이해받지 못한다, 다들 아는 얘기 아닌가? 작가는 책이 잘 팔려도 그건 자신에 대한 오해 때문이라고 생각한다). 그러니 제2의 삶이 자신의 죽음이 공식적으로 선언된 후에 자기 자리를 차지해 주었으면 하는 것도 어찌 보면 당연하다. 그리스도의 몸무게를 면병麵餠으로 환산하여 푸짐한 한 끼로 구세주를 온전히 모시고 싶어 하는 광신도처럼, 작가는 자기 책들이 지상에서 자기 육신을 대체할 운명이라는 환상을 무럭무럭 키울 수 있다(실은 나의 레퍼토리 1호 환상이기도 하다. 그래서 나는 한 끼도 거를 수 없고 책도 계속해서 써 나갈 수밖에 없다). 마티외 베네제는 노래한다.

> 자기 신체의 위대한 작가 그가
> 제 목소리를 매장하네 철로에
> 가로로 눕는 것을 잊지들 마시오
> 이 시점에서 그리하지 않는다면
> 그대들의 미래는
> 경매에 부쳐질 공산이 크다오*

글쟁이는 글을 쓰는 동안 수북하게 쌓인 원고에 어떤 영광 혹은 어둠이 기다리고 있는지 결코 알 수 없지만, 이 원고가 자신보다는 미래의 독자들에게 가닿을 가능성이 더 높다고 믿고 싶어 한다. 앞에서도 말했지만, 그는 자기가 이해받지 못한다는 것을 잘 알고 있고(책의 판매가 증명하고 은행 잔고가 확인 사살하는바), 때로는 자신이 시대를 너무 앞서간다고 생각한다. 그게 아니라면 너무 현대적인 이 시대가 그의 취향에는 오히려 뒤처진 것이리라. 요컨대, 사후 영예에 대한 모호한 우려로 그는 이따금 근질

* Mathieu Benezet, *Premier crayon*, Flammarion, 2014.

근질하다. 그는 자신의 아이들, 그 아이들의 아이들, 그 아이들이 다른 아이들과 함께 낳을 아이들을 생각한다. 미래의 타자는 어떤 얼굴을 하고 있을까? 후세는 중쇄를 끝없이 찍어 낼 그의 책에 얼굴을 처박고 독서에 몰두하려나? 바로 이 지점에서 스타킹 올이 나가고 환멸은 독수리처럼(혹은 수염수리처럼) 거대한 날개를 펼친다. 안타깝지만 후세는 눈 밝은 심판관들로 가득 찬 공명정대한 아레오파고스가 아니라는 것을 그도 안다. 혹은 안다고 생각한다. 후세라고 하여 어떤 작품이 수능시험에 나올 만한지 / 가죽 장정본으로 나올 자격이 있는지/ 가장 가난한 가정에서도 언급될 만한지/ 크리스마스트리 앞에서 뒷짐 지고 암송할 만한지 빛나는 영혼과 수정처럼 깨끗한 양심으로 결정할 수 있을 리 있나. 그는 안다. 혹은 알기를 두려워한다. 후세가 따르는 기준들도 비이성적이고, 정치적이며, 실용적이고, 수상쩍고, 이해할 수 없고, 이해관계에 휘둘리고, 악의적이며, 간살맞고, 어리석고, 본능적인 척하지만 실상은 그렇지 않으며, 비열하고, 기회주의적이고, 피해망상적이고, 빈약하다는 것을. 그러한 기준들도 비평의 유동성, 출판사들의 경제적 실리, 자기네들이 정당한 조종사라고 생각하는 사람들조차 어쩔 수 없는 이러저러한 변덕과 우연에 휘둘린다는 것을.

솔직히 우리는 모른다. 후세가 어떻게 돌아갈지, 어떤 기관이 저작咀嚼의 법칙을 따를지, 어째서 후세가 어떤 것은 삼키고 어떤 것은 뱉는지, 어째서 지드는 드높이면서 쉬아레스에게는 그늘을 드리우는지, 어째서 셀린은 거룩히 구별하면서 피에르 알베르비로는 놓치는지, 무슨 바람이 불어 아나톨 프랑스를 그렇게 상찬했다가 슬슬 시들해지더니 내친김에 아예 무시하기에 이르렀는지. 그리고 무슨 마가 끼어 후세가 마르셀 슈보브는 그럭저럭 좋게 보았으면서 레몽 슈바브는 통째로 내쳤는지, 어쩌다 엘뤼아르라면 환장하면서 앙드레 살몽에게는 무관심 일변도인지, 무슨 이유로 아라공은 끝까지 따르면서 벵자맹 퐁단은 중간에 버렸는지도 우리는 모른다. 어째서 후세가 안나드 노아유를 은폐했는지, 왜 그토록 오랫동안 콜레트를 무시했는지, 어째서 도르메송은 판테온에 모시면서 세스브롱은 부인했는지, 무슨 이유로 귀요타에게 공개적으로 망신을 주다가 막판에 훈장을 내렸는지, 어째서 샤를 페기에게 빨리 도착하기 위해 에르네스트 페로숑은 피해서 가는지, 어째서 마티외 베네제는 건너뛰고 크리스티앙 보뱅에게 열광하는지, 왜 베르나르 콜랭에게는 여지를 안 주면서 세실 쿨롱에게는 좋다고 까무러치는지 우리는 모른다. 미스터리다. 영광에 다다르기 위한 충분조건이나 필요조건은 없는 것 같다. 후세는 뭐든지 허용한다. 후세는 동성애자 절도범(주네), 약물에 중독된 살인자(버로스), 상스러운 말투의 반유대주의자(셀린), 거칠 것 없는 소아성애자(지드, 마츠네프), 초롱처럼 보이고 싶어 하는 오줌보(베르나르 앙리 레비), 카페인 중독자(발자크), 작사가(지앙)를 자기 손으로 드높일 수 있다. 후세는 자기 마음에만 맞으면 포크송을 부르는 음유시인에게 노벨 문학상을 줄 수도 있다. 그것이 후세의 선택이자 십자가이자 방패다.

그러나 때때로 반박할 만한 그 선택들도 후세가 무엇을 겨냥하는지는 전혀 알려 주지 않는다. 후세*는 그 이름으로 알 수 있듯이 무한한 시간을 누린다. 따라서 의견을 뒤집을 시간, 우러러 마지않던 것을 망각에 처박을 시간이 차고 넘친다. 엘자 트리올레의 남편 아라공이 말했듯이, 어떤 것도 인간에게 영원히 주어지지 않는다. 게다가 인간

* postérité. 14세기에 라틴어 'posteritas(다가올 시간, 미래)', 'posterus(나중에 오는 것, 따라오는 것)'에서 유래했다. (옮긴이)

이 두 팔을 벌린다 생각할 때 그의 그림자는 속도를 잃은 복엽기復葉機 모양을 하고 있지 않은가. 우리가 쓴 것이 살아남을는지는 모르는 거다. 8월에 잘나갔어도 9월에 중고서점에 나오지 않을지는 모르는 거다. 그래서 우리는 그림자 속에서만 글을 쓸 수 있다. 여기에 (몇 번을 인용해도 지나치지 않을) 발자크가 말했듯이, 죽음이 죽은 자들의 태양이라고 한 이유가 있다. 물론 죽었다고 하여 다 되는 것은 아니지만 말이다.

죽음이 작품에 드리운 이 그림자야말로 작가에게 실패가 주는 궁극의 교훈, 마지막 방해 공작이 아닐까? 속지 말자. 결과적으로 죽음은 그 어떤 장애물보다 급진적으로, 더욱더 근원적으로 작품의 구체적 실현을 위협한다. 작품을 미완의 관에 집어넣고 관 뚜껑에 확실하게 못 박는 걸로는 죽음이 나의 의심과 한계, 나의 중단과 삭제보다 한 수 위다. 시간과의 싸움, 재깍재깍, 재깍재깍, 잉크가 쏟아지면, 압지가 빨아들인다. 파일은 뭉개지고, 컴퓨터는 다운되고, 실패는 너의 어머니다. 여기서 이 우습고도 오싹한 질문이 나온다. 내가 등골 빠지게 매달리고 어쩌면 빛을 보지 못할 수도 있는 이 원고에 마침표를 찍는 것은 나일까, 죽음일까? 최후의 전력 질주 구간에서 내가 고생스럽게 마지막 원고를 써 내는 중에, 죽음이 질병의 도움을 받아, 심각한 태만이나 부주의를 이용해 찾아든다면 나는 실패한 것일까? 나는 실패했다고 말하게 되려나? 그렇다면 나는 나도 모르게 시시각각 죽음과 불장난을 하고 있는가? 죽음은 언제나 내 뒤에 서서 어깨 너머로 보고 있지 않은가? (이 대목에서 별로 고무적이지 않은 전설을 곁들인 19세기 흑백 약식의 판화를 머릿속으로 그려 보기를. 가엾은 필경사가 불길한 검은 얼룩이 점점 커지는 것을 보지 못한 채 잉크에 펜을 적시고 있다. 그런데 그 얼룩은 그의 등 뒤에서 낫을 들고 서 있는 사신의 그림자다). 물론 나는 한 페이지 한 페이지를 쓰면서 죽음을 생각하지도 않고 나 자신을 애도하지도 않는다. 그렇게까지 할 일이 없진 않다, 내가 생각하기로는 말이다. 나는 내가 죽음의 음모에서 벗어나 있다고 생각하진 않는다. 언젠가 죽음이 홀로 이 일을 중단시키고 나를 팔 아래 종이에서 떼어 낼 것임을 잘 안다. 내부에서 끊임없이 다시 태어나는 작품을 정서하면서 운명의 여신을 앞지르고자 헛되이 애쓴 프루스트를 단지 생각하기를. 숭고한 장시 「가브리엘에게 속한 송가Le Cantique qui est à Gabriel/le」의 중단을 일찌감치 죽음에게 맡기기로 결정한, 좀 더 금

욕적인 시인 귀에 리코르를 생각하기를. 망치로 모루를 두들기며 혈관에서 아편정기가 폭발할 때까지 횡설수설을 휘갈겨 쓴 아르토를 생각하기를.

재빨리, 베르나르 노엘이다.

어제가 너를 만들었고 내일을 만드는 이는 너
오늘은 문 앞에 누워 있고
네 그림자는 그것을 밟고 가야 하리
저곳에서 호루스는 너의 수의를 마련하고
너는 너의 끝을 너의 시작에서 꿰매야 하네*

시작에서 끝을 꿰매기. 페소아가 그런 것처럼 25,000여 개 텍스트로 가득 찬 커다란 여행용 가방을 남기고 세상을 떠난 후 오랫동안 망각에 파묻혀 있기.

마티외 베네제가 병원 침상에서 끄적인 마지막 글을 보라.

우리는 이제 책 속에서 (그토록 힘겹게) 숨 쉬지 않는다.**

* Bernard Noël, *Le Poème des morts*, Fata Morgana, 2017.

** Mathieu Benezet, *Premier crayon, op cit.*

죽음의 시작에서 책의 끝을 꿰맨다. 그러면서도, 무엇보다도, 살아생전에 죽음의 자리를 책 속에 충분히 마련함으로써 죽음을 앞지른다. 죽음을 억지로 불러들여 책 속에서 퍼레이드를 펼치게 하고, 죽음에게 우리의 허망한 글을 축복하라고 강요한다. 어쩌면 어떤 실패를 신성시하기 위해서가 아니라 점점 더 복잡해지는 허영의 거미줄을 뭉개버리기 위해서 자살한 작가가 그토록 많은 것은 놀랍지 않을지도 모른다(이 은유는 무상 제공되지 않고 여러분이 여러 번의 웃음 혹은 악몽으로 값을 치러야 할 것이다). 글쓰기를 멈춘다는 것. 검은 단어들의 행렬에 침묵의 하얀 소리가 이어질 수 있도록 책 자체로 위임되기도 하고 죽음에 위임되기도 하는 이 배은망덕한 작업이 마침내, 공간에 마침내 구멍이 나고 시간에 마침내 균열이 생기면서, 바로 그 틈으로 사라지고 연기가 된다. 마침내의 마침내를 통하여, 마침내의 맨 마지막 원에서 비로소 실패는 평온하거나 '한껏 들뜬다.' 여기서 나를 한없이 기쁘게 하는 드니 로슈의 상징적인 문장을 생각해 본다. 그는 클로드 시몽이 스톡홀름에 노벨 문학상을 받으러 가기 직전에 편지를 보내 이렇게 조언했다.

제롬 랭동[클로드 시몽의 출판사 대표]이 스웨덴 연미복을 입어야 한다는 자네의 불안을 말해 줘서 좋았다네. 우리는 늘 상을 받으러 나갈 만한 모양새를 갖춰야지. 그리고 후세는, 우리가 글을 쓸 때처럼, 따뜻하고 내구성 좋은 코듀로이를 입고 신이 나 있지.*

후세는 코듀로이를 입고 신이 나 있다. 이 기이한 문구를 라틴어로 번역해 봉랍 인장에 새기고 잉걸불에 조심스럽게 올려놓는다. 그러고는 뒤도 돌아보지 말고 가 버리는 거다.

* Cité par Mireille Calle-Gruber dans *Claude Simon*, *Une vie à écrire*, Seuil, 2011.

실패는 나의 목자, 내게 부족함 없어라.
긴 문단들에서 갈지자로 걷게 하시고
잔잔한 백지로 나를 이끄시어
내 영감의 폐기를 통고하시고
당신 이름 위하여
망쳐 버린 페이지의 오솔길로 이끌어 주시네.

내가 사망의 음침한 골짜기에서 글을 쓸 때
당신 함께 계시오니
나는 궁지를 발견하나이다.
당신의 지우개가

나를 불안하게 하나이다.

나의 망설임 마주하게

내게 책상을 차려 주시며

나의 페이지에 잉크를 발라 주시니

내 침묵이 넘치나이다.

나의 한평생 모든 날에

의심과 가책만이 따르리니

나 다시 시작하여 실패의 집에서

내 생의 끝 날까지 쓸 것이외다.

일화 4 다리: 어떤 실패

나는 모든 걸 다 말하지 않았다. 결코 내 마음을 활짝 열지 않았다. 에마, 그 여자는 숨길 줄을 모르고 머릿속을 스쳐 지나가는 모든 것과 머리를 이상하게 만든 모든 것을 술술 말하고 다닌다. 원래 사람 머리란 장을 파할 무렵의 토마토처럼 갈라지도록 생겨 먹지 않았다. 에마가 미친년이라는 사람도 있고, 단지 지나치게 솔직하다 못해 노골적이라고 하는 사람도 있다. 내가 알기로는 그런 게 아니다. 에마는 두려운 거다. 그녀는 모든 것이, 자기 자신이, 애들이, 내가, 자기 앞의 벽이, 자기 뒤의 벽이 두렵다. 에마는 자기가 투명하다는 것을 안다. 그래서 속이 타고, 이성을 잃는다. 그리고 바로 그렇게 이성을 잃을 때, 에마는 상황과 시의에 따라 주위 사람들을 재미있게도 하고 못살게도 하는, 살짝 맛이 간 인물이 된다. 내가 좋아했던 에마의 일부는 나도 모르는 사이에 어느 날 죽어 버렸다. 가치관이라는 게 얄궂게도 저절로 뒤집힌다. 미소 지을 이유가 인상 쓸 이유가 되고, 비책은 이제 통하지 않는다. 속이 빤히 보이고 꿍꿍이가 다 읽힌다. 어디인지는 몰라도 줄줄 샌다. 더 이상 원치 않게 되는 건 자기가 어쩔 수 없는 부분이다. 마치 상황이 제3자가 되어 나에게 새로운 지시를 내리는 것 같다. 애들은 그러거나 말거나 개의치 않는다. 혹은 개의치 않는 척한다. 어떤 이유, 어떤 심연이 무에 중요하랴. 애들은 그저 엄마가 자기를 떼어 놓지 않기만을, 너무 내치지 않기만을 바란다. 우리는 이 광기와 함께, 용수철 위에 잠들어 있는 광기와 더불어 산다. 우리는 우리의 말과 몸짓이 그 용수철을 발딱 세우지 않도록 주의를 기울여야 한다. 우리는 늘 조심한다. 에마는 벼랑 끝에서 산다. 우리는 그녀를 떠밀지 않기로 약속했다.

다리 위의 여자는 왜 끝장을 내려 했을까? 그 여자에게 물어봤자 무슨 소용이 있겠는가만은. 나는 시간이 없었고 연민은 내 장점이 아니었다. 나와는 상관없는 일이었다.

세상은 말 그대로 나를 바라보지 않았다. 세상이 눈을 딴 데로 돌려서 나는 사람을 언제나 조금 더 타락시킬 수 있는 이놈의 비열함에 처박히고 말았다. 나는 생각했다, 뛰어내려, 뛰어내려서 당신 결정의 이유들을 전부 터뜨려 버려. 당신은 자유로워질 거야, 예상했던 대로, 생기라곤 없이 자유로울 거야. 그냥 좀 밀어 버릴걸, 손바닥으로 등짝을, 쏘아올린 말로 밀어 버릴걸. 뛰어내려. 시간에 마침표를 찍어 버려.

나는 내 마음을 안다. 내 마음에 눈을 담그고 손을 적셨다. 차가운 우물에 돌멩이가 차례차례 추락하듯 나의 의식이 떨쳐 내기에 급급한 그 도약, 그 꿈들이 그 속에 처박히는 것을 지켜보았다. 못된 마음은 아니다. 만약 이 마음이 썩었다면 아주 작은 폐포까지 오염시킨 그 부패가 어디서 왔는지 누가 알며, 그 마음은 태양 아래 빛나며 여기서 찬양받고 저기서 부러움받을 운명이 아니라고 누가 말할 수 있겠는가. 내가 말했듯이 나는 내 마음을 안다. 필요하다면 나는 개흙까지 뒤흔들어 내 마음을 망각이라는 비루한 생육 환경에서 끄집어 낼 준비가 되어 있었다. 하지만 나는 내 마음을 그곳에 내버려두는 편이 낫다고 생각했다.

이건 내 가슴팍이 텅 비어 있고 갈빗대를 하나하나 떼어 내기 좋은, 이른바 흉곽 아래에는 — 한때 내가 온전했음을 여전히 증명해 주는 — 구멍만 남아 있다는 뜻인가? 아니, 그건 아니다. 오래된 펌프가 털털거리던 자리에 지금은 못된 쥐가 산다. 그리고 나는 그 여자가 이제 진짜로 뛰어내릴 것 같다고 생각했을 때 다시 한번 소리를 질렀다. 확실히 그 한 번은 지르지 않는 편이 나았을 것이다.

나는 즉각적으로 말을 해야 한다는 것을 이해했다. 처음에는 천천히, 마치 대화의 물꼬를 트듯이, 동요를 일으키지 않으려고 조심하면서 단어를 하나하나 내려놓았다. 말은 하되 일상적이지 않은 것은 하나도 이야기하지 않음으로써 그 여자가 일상에서 도망칠 힘을 내지 못하도록. 당연히 내가 단어를 골라 가며 말할 겨를은 없었고, 내 말의 효력을 확신할 정도의 재능도 없었다. 나는 단지 여기서 끝내기를, 그 여자가 자기 집으로 돌아가고 더 이상 내 앞길을 가로막지 않기를 바랐다. 나는 생각했다. 저 여자가 뛰어내리는데 나는 그냥 내 갈 길을 가면 나중에 조사받을 테지, 분명히 무슨 소리를 듣거나 목격하지 않았는지 물어볼 거란 말이야. 그럼 결국 내가 이 시각 이 장소에 있었다는 사실이 밝혀지고 말 거야. 창문에서 하릴없이 상황을 지켜보는 사람은 늘 있지, 어쩌면 멀리서 누군가가 우리를 수상히 여기며 탐욕스럽고 주의 깊은 눈으로 보고 있을지도 몰라. 저 여자가 뛰어내리면 분명히 내가 왜 그냥 지나갔는지 의문을 품는 자비로운 영혼이 등장할 거야. 어쩌면 그렇게 인간미도 없고 호기심도 없이 무심하게 지나갈 수 있었냐면서 말이지. 하지만 저 여자를 설득하려고 작정하면 나는 피 같은 시간을 잃을 뿐 아니라 바로 이 다리에서 위험한 목격자를 만드는 셈이야. 나를, 내가 이 다리를 지나갔다는 것을 틀림없이 기억할 사람을 말이지. 이 모든 것은 추측에 불과했지만, 모로 영감은 내가 일을 허술하게 처리하고 흔적을, 더구나 살아 숨 쉬는 수다스러운 흔적을 남긴다면 좋게 보지 않을 건 뻔했다. 이로 가나 저로 가나 불구덩이였다. 지옥에 떨어질 수밖에 없는 누군가를 위한 자리, 내가 거기 서 있는 건 확실했다.

하지만 말을 하면 할수록 속으로는, 내 머리에서는 입과는 정반대의 말이 더빙된다는 것을 깨달았다. 그렇다, 내 말은 그녀에게 다다르기 위해 내 생각의 정반대 모양새를 취해야만 하는 것 같았다. 아니, 내가 뭐라고 인생은

살 만한 가치가 있다고 설득한단 말인가? 나야말로 유혈이 낭자한 방식으로 그 여자를 우롱할 준비가 되어 있었는데? 나는 이 삶에 애착이 있기나 한가? 그러니까 나는 바람을 휘저으면서 이 바람이 나를 죽고 싶어 하는 이 여자에게서 멀리멀리 데려가 주기를 바라는 헛짓거리를 하고 있었다. 하지만 말을 늘어놓으면서 나 자신의 말솜씨에 놀랐다. 어쩌면 나에게 나 자신의 일부가 말을 걸고 있었을지도? 그러한 생각은 흥미로우면서도 거북했다. 나는 그 여자의 손에서 긴장이 풀리는 것을, 그녀가 내 말에 귀 기울인 나머지 자기 신체에 내린 명령을 잊었다는 것을 알았다. 자신의 근육 하나하나에 뛰어내리라고 한 그 명령을. 나는 찌르레기 떼가 돌아와 주기를, 마지막으로 우리를 에워싸고 아무 걱정 모르는 열광으로 우리를 매혹해 주기를 바랐다. 죽고 싶다는 사람에게 무슨 말을 할까? 단도직입적으로 말해야 하나? 질문 공세를 펼쳐야 하나? 이 분야에서 나는 아무것도 몰랐다.

제발요 그러지 마요 후회할 겁니다 당신을 사랑해 주는 이들을 조금은 생각하세요 이 생에도 그런 사람들 있잖아요 알지요 인생이 허락한 것을 스스로 금지한다면 너무 아쉽잖아요 누구에게나 놀라운 우연은 있다고요 충동에 넘어가지 마요 그런 건 결심처럼 위장한 변덕일 뿐이니 잘 생각해 봐요 조금 거리를 두고 보라고요 그러지 마요 스스로 목숨을 그런 식으로 앗아 갈 권리는 누구에게도 없어요 생은 우리 것이 아니에요 생은 더 큰 것의 일부라고요 우리가 누구라고 기타 등등 나는 그런 식으로 목소리가 안 나올 때까지, 지칠 때까지 헛소리를 쏟아 놓았다. 그 여자의 행동을 멈추게 할 것 같은 모양새를 취하지만 연민에 확실히 부적합한 이 세상에 1초라도 더, 1초나 더 머물러야 한다는 어리석음을 누구에게도 납득시킬 수 없을 상투적인 말들을. 나는 결국 입을 다물었다. 내가 시작한 말은 끝을 맺지 못하고 허공에 붕 떴고, 우리를 점점 더 에워싸는 안개 속에 분해되어 흩어졌다. 여자는 내 눈을 바라보았고, 나는 그녀가 속지 않는다는 것을 알았다. 어쩌면 우리는 사실 서로 할 말이 있었는지도 모르겠다. 하지만 나는 그 여자에게 다가가면서 뭔가를, 어떤 냄새를 포착했다. 향수? 아니, 그런 유가 아니었다. 좀 더 강렬하고 사향 비슷한 냄새가 숲의 가장 깊숙한 곳에서 날아오고 있었다. 내 코가 위협을 감지한 듯 그 냄새의 발원지를 탐색했다. 그러다 문득 확실해졌다. 그건 틀림없이 석잠풀, 숲의 빈터에서 무섭게 번식하는 자주색 다년생 식물의 냄새였다. 그런데 우리 앞에 펼쳐져 있는 숲에, 빈터라고는 하나뿐이었고 그 빈터 한가운데에는 내가 죽여야 하는, 그것도 특정한 방식으로 죽여야만 하는, 그 여자의 오두막이 있었다.

꼬였다. 모든 게 갑자기 꼬였다. 여자가 희한한 눈으로 나를 바라보았다. 이제는 내게 약간 겁을 먹은 것 같았다. 나는 그곳을 빨리 뜨고 싶은 기색이 역력했을 것이다. 낙엽 더미로 위장하거나 빛의 작용과 보호색으로 숨은 먹잇감이 아직도 여기 있을지 궁금해하는 짐승처럼 콧구멍을 벌름거리고 있었으니 말이다. 석잠풀 냄새가 생각을 방해했다. 나는 생각했다. 만약 이 여자가 모로 영감이 없애라고 지시한 그 여자라면? 이미 4분의 3은 망한 나의 머릿속은 멈춰 버렸다. 나의 손가락들이 차가운 돌다리 위에서 나의 피가 풀 수 없는 코드의 조곡을 연주했다. 마침내 아치형 다리의 곡선이 감지되었다. 더는 버틸 수 없는 자궁처럼, 혹은 가스로 가득 찬 풍선처럼 그 아치가 얼마나 충만하게 부풀어 있는지 내가 알아주길 바라는 것 같았다. 내가 결정해야 했다, 가능하다면 최후의 순간에. 여자가 다시 부들부들 떨기 시작했다. 내가 사라져 주기를 바라는 것을 여실히 느낄 수 있었다. 그녀도, 나도 해독할 수 없는 소용돌이만 그리고 사라진 그 찌르레기들처럼. 나는 그녀의 구원자가 아니었다. 두 개의 못대가리 같은 그녀의 홍채를 보면 알 수 있었다. 나에게 붙어 있던 약간의 지능은 지뢰밭으로 뛰어들기를 그다지 원치 않았다. 만약 이 여자가 내가 죽여야 할 그 사람이라면 투신자살은 막아야 했다. 내 가족의 생존을 걸고, 그녀에게 주옥같은 고통을 조목조목 상세하게 선사하면서 서서히 그녀의 숨통을 끊겠다고, 그리고 그녀의 —를 신문지에 고이 싸서 모로 영감에게 가져오겠다고 약속했기 때문이다. 나는 그녀가 뛰어내리려는 줄 알고 그녀의 팔목에 나의 비겁한 손바닥을 가져갔다. 그녀를 붙잡으면서 내게 남아 있던 약간의 인간다움마저 빠져나가는 것을 느꼈다. 내가 그녀를 붙잡은 것은 그녀를 구하기 위해서가 아니라 그녀의 집으로 데려가 모로 영감이 일러준 규칙에 따라 철저하게 제거하기 위해서였으니까.

한 마리 새가 그 순간을 선택했다. 내가 보고 있는 게 현실이 맞나 싶을 만큼 거대한 새가 다리 밑에서 날아오르는 바람에 우리 둘 다 질겁했다. 나는 그 새의 발톱이나 날

개에 치일까 봐 얼굴을 가렸다. 그러나 조금 전 내게 손을 꽉 잡힌 여자는 그 틈을 이용해 나를 밀쳤다. 나는 난간에 등을 기대고 있었고, 두려움으로 활처럼 구부러진 등의 무게를 이기지 못하고 돌 하나가 떨어져 나갔다. 내 몸 전체가, 저절로, 그 돌을 따라 넘어갔다. 추락 중에 내 눈이 마지막으로 본 것은 침착하게, 자유롭게 멀어져 가는 그 여자의 등이었다.

11
책의 사적인 달력

나는 실패의 목록을 작성할 수도 있을 것이다. 그 목록을 표로 그리면 더 좋을 것 같다. 그건 일종의 제단화, 정확히는 세 폭짜리 병풍이다. 양 폭을 접으면 가운데가 가려지는 병풍, 그다음에 화재가 발생할 것이고, 이 기획에서 남는 것은 바람 부는 대로 흩어질 약간의 재밖에 없을 것이며, 저마다 자신의 장소와 시간으로 돌아가리라.

왼쪽 폭에는 쓰려고 했던 책들이 표시되어 있을 것이다. 내가 순진하게 결심한 책들, 내가 꿈꾸고 각성몽처럼 구상한 책들, 관념적이고 이상적인 형태를 취하며 세세한 부분까지 실현되지 않은 책들, 덧없는 미완의 덩어리들. 그것들은 책 이전의 책, 구상을 영원히 왜곡하는 그림자가 드리우기 전에 내가 바란 그대로의 책이다. 요컨대, 공들인 의도들의 무덤이다.

오른쪽 폭에서는 내가 결코 쓰지 않았지만 어쩌면 쓸 수도 있었을 책들을 볼 것이다. 아마도 내가 썼어야 했을 책들, 미숙한 관심밖에 주지 않은 책들, 엇나가고 있는 작품 세계의 잃어버린 고리들 말이다. 그리고 여기에는 장차 와야 하지만 내게 쓸 기회가 주어지지 않은 책들과 내가 시작하기에는 무모해 보여서 '창조되지 않은 것'이라는 서랍에 — 이 추상적 서랍은 어디 끼여 움직이지 않을 때가 많다 — 처박아 놓은 책들이 불분명한 형태로 뒤섞여 있다. 가능성들의 또 다른 공동묘지인 셈이다.

가운데 폭에는 출간된 모습 그대로의 내 책들, 불변에 갇히고 한계에 고착돼 있으며 약점들로 응고된 책들이 있다. 좌절하고 절단되고 절뚝거리는 책들은 새로운 필력으로 소생될 날을 기다리는 듯 버티고 있다. 아무것도 소용없고, 소용없을 것이다. 이 책들은 각인되었고, 이미 잊힌 유토피아에 꽉 닫힌 채 침묵한다. 이 책들의 운명은 봉인되었다. 사람들에게 그 모습 그대로 보일 수밖에 없으니까. 이 책들은 완성에 도달한 DNA 대신 요긴한 ISBN에 만족해한다. 그리고 승리했는지 패배했는지 확실치 않은 싸움의 전리품처럼 나의 책장을 떡하니 차지하고 있다. 전리품이라기보다는 소생 불가능한 거대한 신체의 유물들 같기도.

좀 거창한 이미지라는 건 인정한다. 그렇지만 내 눈에는 글쓰기에 삶을 버린 때부터, 정신이 홀딱 나간 농노serf가 되고서부터 (한 글자 차이지만, 한밤중에 샹파뉴 지역의 국도에 서 있는 넋 빠진 사슴cerf을 향해 사륜구동 한 대가 돌진하는 장면을 상상해 보라) 우리가 (가죽을 매만지듯이) 매만진 꿈보다는 결코 거창하지 않다. 지나친 헌신이 이렇게 우스운 일들을 가능케 하지 싶다. 책상table과 제단화retable, 잘도 들어맞는다.

나는 각각의 책 — 내가 쓰고 싶었던 것과 다르게 나온 책, 적절한 에너지가 없어 쓰지 못한 책, 미흡함에도 불구하고 그 미흡함으로 써 낸 책 — 에 너그러운 묘비명을 혹은 두드러진 점을 자랑하기보다는 빈틈을 힘주어 묘사하는 냉철한 추도사를 쓸 수 있을 것이다. 그 책들의 한계를, 한계의 한계를 지적할 것이다. 내가 만난 막다른 골목을 설명하고 그 골목을 작고 예쁜 거리로 변장하기 위한 나의 노력을 말할 것이다. 빈틈을 감추는 데 써먹은 수법들도 모조리 공개할 것이다. 어떤 점에서 그 수법들이 아무도 모르게 실패했는지, 뭐가 잘 안 풀렸고 뭐가 잘못 돌아갔고 뭐가 모자랐는지 전부 다 말할 것이다. 어떤 체념들이 그 책들을 떠받쳐 주었는지도. 어떻게 금간 곳을 때우고 구멍을 메웠는지, 어떤 서정적 접착제와 서사적 시멘트를 사용했는지 말하리라. 그 책들을 해부학적으로 분석할 것이고, 때로는 이미 껍질이 다 벗겨져 분해할 필요조차 없다는 것을 보여 줄 것이다. 나는 그 책들의 불가능한 복원을 증명하리라.

그 책들을 한 권 한 권 가방처럼 뒤집어서 안감이 완전히 바깥쪽으로 나오게 할 수도 있다.

나의 첫 책이 얼마나 날림이었는지 말하련다. 이 책은 나의 능력 부족에 발목이 잡혔고, 빈약한 지식과 순진한 열광이 앞다투어 혼란을 초래했으며, 희가극 같기도 하고 어설프기도 한 서정성에 매몰되었다(『에젤리나*Ezzelina*』, 1986).

나의 두 번째 책은 실질적으로 네 번째 책인데, 결과적으로 출간까지 가지 않고 습작 상태에 머물렀다면 얼마나 좋았을지 말하련다. 그 정도로 이 책은 완전히 자기만족에 영합하여 통사 놀음에 취해 있었다(『인술라 바타보룸*Insula*

Batavorum』, 1989).

나의 세 번째 책은 어쩌다 7년간 내 진을 다 빼놓았는지, 내가 그 책에 어떤 야심을 쑤셔 넣었으며 그 책은 어떤 환상으로 나를 달래 주었는지, 이 책이 당한 거절들, 그리고 책을 더 키울 수 없다는 벽에 부딪혀서야 겨우 완성한 사연을 말하련다(『열아홉 번째 서*Livre XIX*』, 1997).

그 후에 나온 몇 권의 책이 걸어간 사납고 때로는 쉬운 길, 진심이기는 하나 곧잘 불분명한 길이 어땠는지, 어떤 점에서 이 책들은 나의 결함을 왜곡하여 비추는 거울과도 같았는지 말하련다.

그 후에 나는 다른 곳에 가고 싶었고, 그 다른 곳이 자신의 법과 변덕을 강요하는 대로 휘둘리고 싶었음을 말하련다.

나는 또한 책이 마침내 제 발로 서고 저 혼자 나아가는 단계에 이르렀다는 그 느낌에 대해 말하련다. 실상은 술에 취한 낙타가 걸음마를 흉내 내고 똑바로 걷는 척하는 꼬락서니인데 말이다(적어도 혹이 세 개는 있는, 취한 낙타를 상상해 주기 바란다).

이러한 기획은 동정심이나 (어느 정도는 그럴지 몰라도)

비하에서 비롯된 것이 아니요, 진저리 나는 가식이나 (역시 어느 정도는 그럴지 몰라도) 치장한 겸손도 아니다. 이 프로젝트는, 그렇게 부를 수 있다면 말이지만, 그저 무산, 불발, 회피, 굴복을 말하려는 것이다. 애매하게 얻은 것의 고지식한 묘사보다 과오와 뉘우침의 이야기가 새로운 구축물을 이루지는 못하겠으나 한결 유익할 것이다. 왜냐하면 완성된 책은 결코 생각한 책이 아니기 때문이다. 말을 잘 안 해서 그렇지, 다들 알지 않나. 책을 쓰기 시작한 자는 단계들을 밟아 나아가기보다 추락과 우회를 통해 나아간다. 노력은 끊임없이 경주해야 하지만, 초기의 구상은 대체로 일종의 추억으로 변해 버린다. 화살을 빗나가게 하고 표적을 새로 정하거나 아예 취소하게 하는 변수가 발생하니까. 프로젝트는 실패했다. 마치 누군가에게 무슨 말을 꼭 하기로 약속했는데, 정작 때가 되자 우리가 바란 대로 그 말이 입 밖으로 나오지 않는 것처럼. 이 실패 속에서, 이 실패로 인하여, 불구의 몸이지만 고집만은 대단한 작품이 탄생한다. 계획에서 탈선했기에 비로소 작품이 떠오른다(고개는 높이 들고 꼬리는 낮추고, 이 모습은 상상하지 말기).

우리는 무기를 들고 출발했지만, 그동안 진행 중인 텍스트가 조달할 수 있는 자재들만으로 새로운 무기를 제작해야 했다. 우리가 참호로 삼기 원한 텍스트는 과열된 공장이 되었고 끊임없이 다른 것을 생산했다. 프로젝트를 '벗어나는' 뭔가가 일어난 것이다. 여기서 '벗어나다dépasser'는 아이들의 색칠 공부에서의 의미, 즉 색칠이 선 밖으로 삐져나와 도안이 무너진다는 뜻이다. 주제들은 무너지고 책은 달아났다.

꿈꾸던/ 원하던/ 생각했던 책의 실패야말로, 그 책이 구현 과정의 어느 시점에서 부딪히게 되는 이 무능 혹은 불가능성이야말로 기회라고 나는 믿는다(선택은 아니지만!). 책은 혼란스러운 충동들의 소굴에서 태어나 생생한 이미지들을 먹고 자라며, 의도 혹은 상상의 부양을 그럭저럭 받지만 우연성의 불가피한 시간을 마주하는 것은 오롯이 책 자신의 몫이다. 기계적 규제 — 내가 원하는 건 이거지, 이걸 뚜렷하게 보여 줄 생각이야, 여기랑 여기가 호응하면 좋겠네, 그럼 밑밥을 깔고 연결고리를 구상해야지 등등 — 에 따르던 책은 어느덧 변신에 들어가고 그 안에서 유기적인 것이 발생한다.

기계적인 것에서 유기적인 것으로, 다시 말해 구상 단계의 책에서 구체적인 책으로 넘어가는 것은 작가가 자기 프로젝트의 실패가 지닌 가치를 제대로 인정할 때만 가능하다. 나는 아이디어라고 하기도 뭐한 아이디어에서 출발해 본문이라고 하기도 뭐한 본문에 도달했다. 우리가 그렇듯이, 이 또한 황금과 똥의 연금술이다. 나는 설계도를 그렸는데 혼돈이 찾아왔다. 나는 규칙을 부여했는데 갑자기 책이 마음대로 한다disposer[혹은 폭발한다exploser]. 따지고 보면, 실패한 것은 조종간을 잡고 있다고 착각한 야심찬 소인배 나다. 파라오일 줄 알았던 나, 위대한 건축가일 줄 알았던 나는 알고 보니 구성과 배치가 계속 바뀌는 개미굴 피라미드의 미로 속에서 죽어라 땀 흘리는 일개미였다. 골격이 다부져 보이지만 실은 그렇지 않은 나는 주권자려니 짐작한 자신의 정체가 글쓰기의 태양 아래 녹아내리는 것을 본다. 나는 목소리였는데 이제 귀가 되었다. 나는 명령 내리기를 멈추고 책이 하려는 말을 들어야 한다. 미숙하게 급조한 모형에 맞춰 책을 만들려던 내 바람이 실패했을 뿐, 책은 그렇게까지 실패하지 않았다. 책은 스스로 다른 수호성인들을, 다른 모형들을 만들어 냈다. 책은 내가 박음질을 원할 때 직조하고, 내가 풀어내고 싶은 부분을 감침질한다. 책이 나 대신 실험을 한다. 나는 곳곳에 주제를 저항의 거점들처럼 심어 놓지만 책은 내가 투입한 장점, 내가 허용한 약점을 자기 방식대로 우회시키거나 사용하면서 자신만의 군사 배치를 선호한다. 나는 책의 볼모가 되었지만 무시해도 좋을 볼모다. 책에게는 채찍으로 다스려야 할 다른 포로들, 막아야 할 다른 탈주가 있기 때문이다. 나는 작업실을 정비한 줄 알았는데 작업실이 연장통으로 변했다. 이것들이 여전히 내 연장들이긴 한가? 책에 그건 중요하지 않다. 책은, 자신의 지고한 방식대로, 그것들로 구성 부품을 만드니까. 책은 내가 설치한 크로켓을 풀어 제 귀걸이로 삼는다. 내가 맡긴 바이스? 책은 거기에 작은 바퀴를 달아 장난감처럼 끌고 다닌다. 당치 않은 일이지만, 하늘이 돕는다.

내가 책의 사적인 달력을 짜고 비밀 일정을 다듬어 봤자 소용없다. 책은 공휴일의 구멍에 빠져들고 무위도식과 아주 흡사한 휴가를 자신에게 허락한다. 책은 여기저기서 흔들린다. 자신의 토대 위에서, 자신을 무너뜨릴 주파수를 찾기 바라며 춤을 춘다. 들뢰즈와 과타리는 말한다.

> 가장 아름다운 힘이, 우리 능력으로 감당할 수 없을 때 해로워진다.*

* Cf. *Mille Plateaux*, *op. cit.*

실패하고자 노력하기. 진행 중인 책이 이 방면으로는 나보다 한 수 위다. 책은 내가 상상했던 고장보다 더 많은 고장을 눈여겨보고, 내가 어리석게도 바싹 말랐으면 했던 늪지에 흠뻑 빠지기를 좋아한다.

글쓰기밖에 할 줄 아는 게 없는 내가 이 책의 도입부를 시행착오를 거듭하며 쓰다가 소위 그르치기 기술이라는 것에 매혹된 게 우연일까? 나에게 실패가 일종의 퍼레이드(공작새의 구애보다는 총검술 시범을 떠올려 주면 고맙겠다)이자, 우리가 호흡하는 사회적 공기를 꽉 채운 기분 나쁜 성공제일주의에 대응하는 방식이라는 게 우연일까? 글쓰기는 위로 치고 올라가라는 지시를 외면하게 만든다. 글을 쓴다는 것은 실은 글 쓰는 방법을 모르면서 인생을 바치는 것, 끊임없이 다시 써야 한다는 것이다. 어쩌면 나는 단상과 메달에 취한 듯 보이는 세상에서 도망치려고 했고, 그러한 시도가 어느 정도 성공(?)했는지도 모르겠다. 세상은 이력, 승진, 진급, 보상이라는 색종이 조각들을 던져 나를 불명예의 울타리로 에워쌌고, 나는 구문 속에서 비틀거리고, 어른스럽다 못해 너무 늙어 버린 이 세상을 나 몰라라 하면서 언어로 뒷걸음질하는 데서만 기쁨을 얻을 수 있었다. 여기서 루이스 울프슨의 『분열과 입말들』의 한 대목을 인용하지 않을 수 없다. 조현병 진단을 받은 이 미국 작가는 어머니가 영어로 하는 말을 음성학적으로 프랑스어로 번역하는 방법을 개발했다. (알아 두라, 이 괴짜 작가는 2004년에 전자 복권에서 거액의 상금을 타서 백만장자가 되었다. 실패가 실패했다!) 나는 이 대목을 읽을 때부터 운이 조금만 따라준다면 길을 잘못 들어서 목숨을 보전할 수 있을 거라는 확신이 들었다.

> 그는 이 연구를 실로 강박적으로 밀고 나가며 철저하게 모국어를 듣지 않으려 애썼다. 그의 모국어는 주위 사람들이 구사하는 유일한 언어, 세상 그 어떤 언어보다 사용자가 많은 언어였는데 말이다. (…) 하지만 그렇게까지 영어를 듣지 않고 지내기란 불가능했기 때문에 그는 영어를 지각하지 않으려는 노력이 무색하게 자신의 의식에 침투하는 영어 단어들(특히 그가 아주 짜증냈던 단어들)을 거의 즉각적으로 외국 단어들로 전환하는 방법을 개발했다.*

이날까지 나는 나의 첫 숨으로 삼았던 글쓰기라는 일

* Louis Wolfson, *Le Schizo et les langues*, Gallimard, 1970.

을 이보다 더 아름답게 정의한 글을 보지 못했다. 나의 재주가 빼어나지 않다는 건 중요치 않다(여기서 나의 월계관 강박이 나왔다). 보들레르의 정기 속에서 자란 나는(자세한 얘기는 다른 책들에서 썼으니 생략한다) 시의 향기를 빨아들였고, 알렉상드랭* 요새에서 첫 무기를 마련했으며, 소네트의 존재를 (그리고 어떤 소르네트sornette(헛소리)의 존재도) 철석같이 믿었으며, 초현실주의적 행동을 금과옥조로 여겼다. 나는 나보다 더 치열하게 현실에 관여하여 세상의 무서움을 간직하고 봉인한 몇몇 작가가 물려준 좀체 들을 수 없는 아름다움에서 피난처를 찾았다. 나는 글을 쓴다고 믿으면서 필사했다. 그들을 추종한다고 생각하면서 모방했다. 계속 쓴답시고 방향을 바꾸었다. 딱딱한 빵 껍질을 부수기까지는 오랜 시간이 필요했다. 하룻밤 씹어서 될 일이 아니었다. 빵을 혀로 야무지게 말아 가며 꼭꼭 씹기를 거부한 자는 너무 멀리 가서 아무 데도 이르지 못할 위험이 있다. 나는 우회, 후진, 흔적 따라가기, 불안정한 발자국 조사하기를 좋아했다. 자신을 작가로 재발명하고자 하는 사람은 누구나 랭보가 되기를 원한다. 그러나 다리 한쪽을

* alexandrin. 프랑스의 대표적 운율 형식으로, 약강조 또는 강약조 리듬을 가진 12음절의 시구. (옮긴이)

잃고 싶어 하는 사람은 아무도 없다* — 목숨은 바쳐도 다리는 안 된다. 내 주위의 글 쓰는 친구들 역시 암중모색의 연속이다. 그들도 나처럼 고생하면서 그 건강한 괴로움을 즐기고, 다른 이들이 침을 질질 흘리며 곁눈질하는 경마나 축산경진대회 비슷한 경쟁 놀음을 경계한다. 나는 실패의 미묘한 기쁨을 발견했고, 어쩌다 가끔 듣는 찬사에 취하지 않는 법을 배웠다. 저마다 응급수단으로 하나의 도의를 만들어 낸다. 그 도의가 마음껏 숨 쉴 수만 있다면, 구속하든 짜부라뜨리든 그건 별로 중요하지 않다.

내가 오늘날 억지로, 강박적으로, 카운트다운에 들어가서도, 나의 가시요람이었던(아얏!) 시로 돌아오는 이유는 실패를 이번만은, 한 번 더, 잘 경험하기 위해서다. 시의 부서지기 쉬운 쾌감을 느끼고 싶어서 나는 시로 돌아온다. 나는 금방 들어오지 않는 글, 나를 거부하는 듯 보이거나 유혹했다가 바로 퇴짜 놓는 글을 읽는 것이 좋다. 나는 퍽퍽한 땅으로 돌아오듯 시로 돌아온다. 내 눈앞에서 언어가 현실을 떠나 어딘가에만 — 그게 어디인지? 나는 모른다 — 존재할 때는 무슨 일이 벌어진 것이다. 나는 말의 포로

* 랭보는 말년에 다리 한쪽을 절단하고 죽었다. (옮긴이)

가 아니요, 말도 나의 포로가 아니다. 나는 송로버섯을 찾는 개처럼 언어 속에서 방황한다. 물론 나도 궁금하다. 기원과 원인을 알고 싶고, 그 빌어먹을 바이올린이 무슨 마가 끼어 내 대가리 아래, 내 혓바닥 아래서 깨어났는지 이해하고 싶다. 그 바이올린에서 한 음이, 제대로 된 음이라고 해도, 끌려 나올 때마다 묻고 싶다. 내가 능욕을 당했었나, 학대를 당했었나? 따귀를 맞았나? 안 맞아도 될 따귀를? 내가 한 대, 두 대를 자초했나? 나는 밀쳐지고, 떠밀리고, 배제당하고, 내 자리 혹은 훨씬 더 좁고 각진 다른 자리로 튕겨 나갔을까? 높은 곳, 아주 높은 곳, 충분히 높은 곳에서 떨어졌을지도? 잘못된 착지, 탈구, 사고, 주먹다짐, 낙상, 누가 알겠는가? 눈에 띄지 않게 일어난 일이면 더 나쁘다. 탯줄이 보라인 매듭처럼 목을 졸라 기도를 막고 산소가 로고스의 은신처에 공급되는 것을 방해한다든가, 수술이 잘못된다든가, 가령 맹장 수술을 한다고 해 놓고 두개골 절개 수술을 한 거다, 나는 아무 말도 듣지 못한 채 퇴원했고, 두피를 얼마나 감쪽같이 봉합했는지 흉터도 남지 않았고, 손가락으로 눌러도 아무것도 느껴지지 않는 거다. 연쇄 충돌은 어떨까, 제대로 매지 않은 안전벨트, 튀어 나간 부스터시트, 박살 난 앞 차창, 브레이크 페달을 밟기는 했지만 조금 늦어 버린 아버지의 발, 뒤를 돌아보지만 아들이 날아가는 것은 보지 못한 채 비명을 지르며 무너지는 어머니. 심혈관계 이상은 어떨까. 타이어에 난 구멍처럼 아주 작은 혈관의 손상, 의식과의 아주 미세한 시간차, 보이지도 않고 느껴지지도 않는 손상이지만 후유증은 단어 하나하나 사이에 비집고 들어간다. 우리는 언어 중추가 뇌에 있다는 것을 안다. 그것은 뇌에서 미미하고 연약하며 우스꽝스러운 위치를 차지한다. 언어 기능의 근거지는 홈이 팬 푸석푸석한 완두콩 같고, 뼈로 이루어진 완충 구조가 그것의 흔들림을 줄여 준다. 언제나 정말 별것 아닌 일로도 거대한 전체의 작동은 중지될 수 있다. 하지만 웬걸, 그런 건 전혀 아니다. 추락도, 상승도, 내가 이해할 만한 이유들도 없다. 나는 제법 사랑받았고, 책들은 내게 그늘이 되어 주고 내 곁에서 함께했다. 그래서 엉뚱한 생각에 골몰하고 흥분한 나머지, 나도 모를 내면의 목소리를 탐구하는 데 나를 온전히 바치고 싶어졌나? 내 삶은 일찌감치 두 개의 손가락으로 요약되었다. 어떤 키보드이건 간에, 그 자판에 새겨진 생기 없는 상징을 조준하느라 혹사당하는 두 개의 검지. 뼈와 관절로 이루어진 두 자루의 철필 덕분에 나는 말을 하는 대신 글을 쓸 수 있었고, 다르게 실패할 수 있었다. 그 두 손가락의 신경은 수십억 개의 임펄스를 통하여 좌뇌의 뇌이랑은 물론 측두엽 뒷부분과도 연결되어 있을 것이다. 그렇다면 나는 욕망하는 기계이자 또 그만큼 고장 난 기계이려나? 만약 그렇다면, 그 고장 난 욕망으로 내게 유일하게 중요한 한 가지를 해내기 위해 모든 수단을 강구하리라. 책 한 권 쓰기. 책들을, 무한히 써내기. 마지막 책은 언제나 끝에서 두 번째 책이라는 마음으로.